阅读大师系列丛书

閱讀四任

蒋明君 著

熊薰颐预
任任任任

江苏凤凰美术出版社

目录

萧山任氏

任姓出自黄帝少子禹（禺）阳之后，属于帝王赐姓、以国为氏。任氏是 5000 余年以前，黄帝赐封的十二个姓氏之一，是个非常古老的姓氏。《姓纂》："黄帝二十五子，十二人以德为氏，一为任氏，六代至奚仲，封薛"；"或云黄帝之孙颛顼少子禹（禺）阳封于任，故以为任氏。又任为风姓之国，实太皞之后，主济祀，今济州任城（今山东省济宁市有任城区）

即其地也。任姓之任，任国之任子孙，皆以任为氏"；又一说，"由远古妊姓衍传，与女性妊娠有关，是母系氏族社会产生的古姓之一"……

任氏祖先居于济州任城（一说河南省），传至宋代徽宗年间，有一位书生名叫任钥的，饱读诗书，于徽宗建中靖国元年（1101）应举中进士，累官至监察御史。他为官清正廉洁，刚正不阿，弹劾奸佞不遗余力，因而得罪权贵，被远谪浙江省山阴县任知县。任钥携家带口卜居是县桑盆里（今绍兴县斗门镇境内），繁衍生息。任钥被认定为任氏迁浙始祖。到了南宋理宗嘉熙元年（1237），第五世任定翁"乐萧山境土饶沃"，迁先父、承直郎任绪衡灵柩来萧山，安葬于北干山南麓。为守墓，筑室于凤堰里，以后子孙繁衍，蔚为大姓。萧山任氏尊任绪衡（任铨）为迁萧始祖，任定翁为第二世。任定翁有子任宝，出任南宋京仓副使，廉洁奉公，拾金不昧，曾路拾一袋金子悬于京仓门口，月余，失主方来认领，一时传为佳话。

任氏家族世以读书积善闻于邻里。第三世任宝、第四世任昌、第五世任嗣荣、第六世任德谦、第七世任源（原礼），皆热心于社会公益，为人排难解纷，凡诸架桥铺路、救贫济困都乐而为之，乡里人以"长者"誉之。长者，有德之人也。

明代刘基的《萧山任氏山堂》诗有云："尊重主人能爱客，衰颜聊复为君酡。"原来明初，朱元璋谋士刘基，学士宋濂、王祎、高启、国史编修苏伯衡等，都是任源的座上客，来往唱酬，寄情于山水，饮酒论文，相处得十分欢洽。

萧山任氏，人丁兴旺，子孙众多，自第八世开始分房（族中的分支），计有：升一、升三、升五房和奇一、奇二至奇十一房。任氏后人又散居到城厢、瓜沥、义桥、戴村、党山等地。到了晚清民初时期，萧山任氏已有11个房头（支派）。其中，奇六房，清初出了两位贡生：十五世任雨蛟、十六世任亶梃父子，分别当了（县）训导和教谕。第六房任辰旦，清康熙六年（1667）中进士，官至大理寺丞。他致仕回乡后，带领所属第六房从坎山甘露亭搬迁到航坞山东塘头（后称为瓜沥镇任家渼）居住，是为任氏第六房迁塘头之始祖。后来钱塘江北移入海，塘头堤外上了陆，部分任氏居民纷纷迁往堤外垦荒种地。因此塘头任氏，以江堤为界，又分为内六房和外六房。

萧山任氏蔚为大姓，各房分支的宗谱也就不尽相同了。由于20世纪60、70年代中，大破"四旧"蜂起，萧山也不能幸免，各房的宗谱大都被以除"四旧"之名焚烧殆尽，欲想查清"海上四任"的关系，就缺少了依据。所幸萧山图书馆藏有"萧山任氏家乘"（清同治永思堂藏版）图册，因藏于国家图书馆而免于火焚。翻检所载，只查到大画家任熊、任薰、任预词条（载有生年日月、忌辰日月、姓名字号等），而画家任颐词条阙如（至今其诞辰无人知晓，引起后世的附会猜测）。另据瓜沥镇任文水先生说：任氏六房老祖宗叫"担（旦）公"（任辰旦），移居瓜沥塘头任家渼。曾见家族中藏有一本手抄本的家谱，20世纪60、70年代后无处觅寻了（按：任颐词条当在此六房任氏宗谱内）。

萧山任氏族人习画者多远宗陈洪绶（老莲），近学费丹旭（晓楼）、改琦（七芗），这是因为地缘关系影响所及之故；而人物肖像画则宗法曾鲸（波臣）。萧山一带习写真者不乏其人，其中任氏塘头内六房第二十二世任鹤声（淞云）即擅画像。而兼擅书画者，萧山任氏画人也不可尽述。其中第二十一世任淇，字竹君、号建斋者，书法写《兰亭》《十三行》，精篆刻、花卉双勾，亦工界画。早年囊笔沪渎，以书画自给。1861年秋，任淇闻知太平军即将进军浙东，义愤填膺，自愿从沪上回乡参加萧山民团抵抗太平军，萧山失守而不幸战死。还有一位奇六房、第二十一世任椿者亦擅绘事，"洪杨革命"之前即去世。他的后人：长子二十二世任熊、次子任薰、孙子二十三世任预皆是晚清画坛上的佼佼者。任熊曾游艺沪上，和张熊（子祥）、朱熊（梦泉）合称"沪上三熊"。又，任熊、任薰、任预和瓜沥塘头内六房任鹤声之子、二十三世任颐合称为"海上四任"，名重当今画坛。

任氏迁浙谱系图

始　　祖——任钥（任山阴县县令）
　　　　　　　　　↓
迁萧始祖　一世——任铨（绪衡）
　　　　　二世——任定翁（任职萧山）
　　　　　三世——任宝（任京仓副使）
　　　　　四世——任昌
　　　　　五世——任嗣荣
　　　　　六世——任德谦
　　　　　七世——任源（任职朝廷某部官员）
　　　　　八世　开始分房为：升一、升二、升三、
　　　　　　　　　　升五、奇一……奇十一房
　　　　　　　　　　　　↓
奇六房十五世——任雨蛟（任训导）　六房迁瓜沥始祖——任辰旦
　　十六世——任亶梃（任教谕）　　　　　（任大理寺丞）
　　　　　　　　　　　　（又分为塘内六房、塘外六房）

奇六房二十一世——任椿　　　　　内六房二十二世——任鹤生淞云
　　二十二世——任熊
　　　　　　　任薰
　　二十三世——任预　　　　　　二十三世——任颐
　　　　　（谱名立诚）
　　　　　　任昭容　　　　　　　二十四世——任霞
　　　　　　　　　　　　　　　　　　　　　任堇
　　　　　　　　　　　　　　　　　　　　　任瑜

四任故里

萧山是杭州市一个区，相隔钱塘江和市区相望。萧绍平原上有一条浙东运河，西起滨江区西兴镇，穿过城北镇、城厢镇……衙前镇，进入绍兴境内，然后东流入曹娥江。其西端有船闸与钱塘江相连，以便船舶出入。浙东运河流经城厢镇，其上有

萧山区城厢镇浙东运河上的一座古石桥

数座桥梁沟通两岸的交通。岸上两边屋宇鳞次栉比，自古以来就是繁华的商业贸易之区。其中有一座凤堰桥（已圮不存），桥堍有凤堰里，是任氏迁居萧山的祖居之地。内有一条小巷十字弄，任氏二十一世任椿一家即住于此弄内。任椿擅丹青，育有二子任熊、任薰，与其孙任预等，均耽于染翰，画名远播江浙沪，是晚清重要的画家群。

在萧山区东面数十里有座航坞山，海拔约 300 米，山虽不高，却林木茂盛，郁郁葱葱，山下曾是钱塘江的入海口。1747 年，入海口北移至赭山北坡入海，航坞山下成了陆地，变为冲积平原。此地自古土地肥沃，出产一种"东陵瓜"。其瓜甚甘甜且多汁，一口咬下来，瓜汁淋漓撒了一地，此地就被人们形象地称为"瓜沥"了。因此地曾处在钱塘江出海口，又被人们俗称作"瓜沥塘头"。任氏第六房任辰旦为官致仕后迁居瓜沥镇东塘头，这里就是任伯年的故里——任家溇村。

瓜沥塘头任家溇有任氏居民住宅多达一百多间。任氏宗祠有老堂中神堂和新堂中神堂，堂号为"荫贤堂"和"乐安堂"。家族中的红白喜事均在老堂中神堂举办，可见任氏为瓜沥之显姓。任家溇任氏辈分远的不说，近期内依次为"鹤、伯、增、叶、昌、文、尚、义"等字。任伯年系萧山任氏第六房"伯"字辈第二十三世。所以任伯年按理尊称第二十二世的任渭长、任阜长为大叔、二叔（但任氏各房的名、字，

取号略有差异，如：同是二十二世的任熊和任鹤声，任熊是"长"字辈，任鹤声却是"鹤"字辈；而同是二十三世的任预、任颐，字号却为任立凡和任伯年，实难看出他们是同辈之兄弟）。而萧山有《萧山任氏家乘》族谱藏于萧山图书馆。余旧年为调研"四任"事，曾游萧山，进谒萧山族谱研究家王炜常先生，先生书房在萧山区河西路112号某局楼下斗室内。炜常先生年逾八十，精神矍铄，和蔼可亲。每问必索资料示余，解答详细。余询问任熊、任薰、任伯年等有关诸事

航坞山入口

瓜沥镇明朗村承建的任伯年碑

毕，欲求先生能介绍一观《萧山任氏家乘》一书否。先生莞尔一笑，徐徐而曰：汝一介（不名）书生，以私人身份而来，且手中又无上峰介绍。吾已不问世事几二十余年矣，实难……再者，汝又不谙谱牒之排列，即使能读到该谱，也如狗子吃猬，骤见之不知从何处下口也！实告汝，吾早年研究任熊时，百般商求，方才得观《萧山任氏家乘》一书。查阅了熊、薰、预、昭容（熊女、预妹，能画）、任淇等条款后再欲深究"他任"时，方得知《萧山任氏家乘》中，竟然"不知有（任）鹤声，遑论（任）伯年"了。余闻此语，遂罢奢望焉。炜常先生又建议余去萧山城厢镇浙东运河一带、瓜沥任家溇等处一访，余方有城厢、瓜沥任家溇之游。另据任氏六房"文"字辈任文水先生讲：任氏六房的老祖"担（旦）公"（任辰旦），清康熙年间迁居瓜沥塘头，族中有一本手抄"任氏家谱"，记载甚详。其中记载任氏族人多从事教育、书画、经商、务农等工作，后世年轻小伙又多在塘头（码头）做"脚班"

天打桥

（搬运工）。世事沧桑，所惜这本族谱现在已是遍寻无着了。

据任氏二十七世任抱一先生回忆：瓜沥镇西街副食品店对面"畲进台门"是任伯年故居，其内有三开间二进加左右两侧厢房。中间堂前屋，前有石头墙大门，屋后有天井、花园，园内有湖石假山一座。还有接天落水池一塘。面积大约一百平方米左右。"畲进台门"东侧有临街米店两间，想必是任鹤声早年经营的粮店所在地了。

任伯年故居向南数百米有河东临江，上有一座天打桥（建桥时，适遭雷电，劈死一建桥工，此桥遂有是名），是瓜沥通往绍兴、远至诸暨的必经之路。出天打桥再向南走几百米，有一座刘家桥。迈过刘家桥一步就到了绍兴地界。所以这一带，民间有个说法："山阴不管，会稽不收。"两县之界往往穿镇而过，小桥上若出了命案，要视尸首朝向而定由何方处理（尸首朝向萧山，由萧山勘理；若尸首朝向绍兴，则由绍兴勘理），故萧绍两县官员互相推诿之事不断，该地治安管理上较为松弛，归属管辖县治时常变更。

从《嘉庆山阴县志》卷二得知，山阴县管辖范围甚广（时常有新的滩涂上陆成为飞地，不知该由何县管辖），西北方向可至海岸三十余里，即将抵达瓜沥任家溇。后世县区调整，山阴县治并没有成建制地都划归绍兴市管辖，还有小部分划归了萧山区。

任伯年未去上海时（大约 30 岁之前），在画上落款，有时写上"萧山任小楼"，有时写上"山阴任润"，随机性很大。两种题法都可以，没有对错之分。在苏州学画时，大画家胡远代为任伯年在画上落款时就写的是"萧山任柏年"（"伯"写为"柏"，不知何故）。可见同时代的画家，大都视任伯年为萧山人士也。只是任伯年卖画定居上海以后，彻底废弃了"萧山"二字，独尊"山阴"了。此中的原因不言而喻：其一，山阴可是"名士"的化身，是个不可多得的金字招牌：晋代刘义庆著有《世说新语》一书，历代文人学士靡有不读者，书中有"山阴道上，应接不暇"之句，想必人人皆知，印象深刻。历史上，上有王羲之，近有徐青藤（还有位大文学家鲁迅也出生于绍兴），数不尽的文人雅士迭出绍兴，名气远出萧山之上。而迁浙任氏始祖任钥曾知山阴县知县，并定居于此。任伯年祖籍是（绍兴）山阴，他写为"山阴任颐伯年"，完全正确而恰当。其二，（窃以为）任伯年师从任薰。出师后，需要打造新的形象，彻底从任熊、任薰的阴影里走出来。任熊、任薰画上落款皆属"萧山"二字，任伯年就必须和"萧山"二字有所疏远，而改写为"山阴"，以新的面貌出现在世人面前。现在，一介绍任伯年，文章里辄说："绍兴山阴人。"（窃以为）最好能再缀上一句："出生于萧山。"

现在任家溇已无编制（现只存有一条"任家溇路"还能证明此地曾是任家溇），任伯年故居现归属浙江省杭州市萧山区瓜沥镇明朗村管辖。

任家溇是任伯年的心痛！

任家溇是任伯年的乡愁！

任伯年跟随父母亲在家乡生活了无忧无虑的二十二年，从未远离瓜沥和萧山。1861 年 11 月，厄运骤然降临在任伯年头上。先是母亲撒手人寰，接着是太平军忠王、侍王兵占杭州、萧山、绍兴、宁波。任伯年逃难中被太平军抓获，派去执掌大旗，为太平军冲锋陷阵，大难不死。1862 年 5 月，任伯年方才逃出军旅。当他找

过去的任家溇村已为任家溇路

航坞山白龙寺

到父尸时，才明白，自己已是个"穷光蛋"了。不得已，只得下海拜族叔任薰为师学画。师徒两人浪迹天涯，以画换米。生活之累使其后来也难得回任家溇一趟了。任伯年在外漂泊近10余年，于1878年秋季，曾回到任家溇一趟，看到的是满目苍凉，物是人非，感叹万分。在其《回乡口号》中写道："乱后归来意惘然，龙山（航坞山）横卧石田田。"对于家乡任家溇、航坞山眷恋之情溢于言表！至此以后，任伯年永别了家乡，无缘再回故里。

56岁的任伯年客死沪渎，身后萧条，家人无钱把遗骨回归故乡，暂厝沪渎静安寺之西。随着沪渎城建迅速扩张，墓地早已被湮没，无处寻觅，遂使任伯年之孤魂在外乡漂荡已达百余年！现在，当地有识之士于瓜沥公园内建立了任伯年纪念碑，以纪念这位"海派巨擘"，真是功德无量。窃以为，何不在航坞山山麓风景秀丽之处，再筑一圹任伯年衣冠冢呢？一为萧山瓜沥再添一名胜景点，二来任伯年生前钟爱龙山风物特深，安眠于此实其心愿。他若地下有知，也可以瞑目了！

远眺任伯年碑

四任父辈

任熊、任薰的父亲是萧山任氏奇六房二十一世的任椿。任椿擅书画，和任淇（竹君）等任氏伯仲为画友，可见当时任氏家族普遍就有学习书画的传统。有书记载，任熊曾跟随村塾师习画，因不满塾师的教法，而反其道画之。塾师大怒，便将任熊逐出了门墙，任熊就另辟蹊径学画。任椿不寿，中年而逝，家境清贫。任熊16岁即以卖画糊口，养育家人。19岁就画有仕女《昭君怨》

花鸟图　任淇

图（上有周闲题词）。任椿次子任薰，早年习瓦工。后来任熊在苏州、明州居停时，就把任薰招来身边，也跟随着学起画来。任熊也不寿，死时，其子任预年方5岁。任预的学画，就由二叔任薰及堂兄任伯年代而授之了（有记载，任预又曾跟随赵之谦学画和篆刻）。

浙东瓜沥塘头任氏内六房二十二世、"鹤"字辈之任鹤声（淞云），清嘉庆道光年间人，殁于1861年农历十一月间，享年不明。

任鹤声，字淞云，早年开粮店于任家溇故居临街门面房内，后迁移粮店至萧山城厢凤堰桥塊粮米大街。因生意有成，被人尊称为任老板。后来太平天国事起，任鹤声感到大难将临，就把自己早年娴熟的"写真术"传授给儿子任伯年，希冀儿子掌握一技以应时变，可以糊口。

任鹤声者，大都见过他的一幅画像和一尊塑像，所以说和他早就"相识"了！原来任伯年1869年12月刚到上海就画了幅父亲任鹤声的遗像（父亲已死8年之久），由此可见任伯年的记忆能力何等之超强。此幅画完成后，任伯年恳请沪上大画家胡远补树石并代为题款。胡远写道："淞云先生遗像　同治己巳嘉平，先生令似任柏年仁兄写真，属华亭胡公寿补树石并记。"落款中有"先生令似任柏年仁兄写真，属华亭胡公寿补树石并记"之句，可理解为：原来任伯年做了一个梦，梦中父亲叫他为自己画个肖像，并嘱一定要请胡远先生补景题款。胡远得知情由后，深深感到任伯年孝子之心难能可贵，便欣然提笔，率尔完成补景，题款中还道出了任伯年作是幅画的原因竟是托梦所致。大画家为无名小辈添景加款，亦可见胡远提携后进的拳拳之心！

大家还熟记有一尊任鹤声紫砂塑像——就是任伯年一时迷恋于制作紫砂壶，以致废画导致缺钱买米，妻子陆夫人见家中无钱，便迁怒于紫砂壶，一阵"河东狮吼"过后，任伯年捏制的紫砂壶，被陆夫人悉数砸为齑粉。而劫余仅存的是这尊任鹤声（坐姿）紫砂塑像。这可是世上弥足珍贵的任伯年唯一存世的雕塑作品！

通过这两件艺术品，我们在视觉上就有了任鹤声的鲜活形象：任鹤声体形较瘦长，尖圆脸，留有八字胡须，目光炯炯有神，一看画像和塑像就感觉到他是位非常精明之人。

任伯年除了父亲任鹤声的画像和紫砂塑像之外，没有发现记载其父的文字。他儿子任堇1881年出生时，其祖父已殁近20年了，所以任堇并没有见过祖父任鹤声。但听父亲经常话及祖父之事，所以他对其知之甚详："先王父讳鹤声，字淞云。读书不苟仕宦，设临街肆，且读且贾。善画，尤善写真术。耻以术炫，故鲜知者。垂老，值岁歉，乃以术授先处士。先处士复以己意广之，勾勒取神，不假渲染。今日论者，佥谓曾波臣后第一手，不知实出庭训也……"这是世存仅有的文字中记述任鹤声的信息，给我们的印象如下：

任鹤声不仅经商有成，还是一位肖像画家，耻于八股仕途钻营，只在意于经商读书。闲暇之余，曾为人画像写真，足迹遍及乡里，远及萧绍。他迁居萧山城

任淞云坐像　任伯年紫砂泥塑

厢镇后，粮米交易恪守诚信，成为远近有名的米店老板。由于买卖业务繁忙，旧调不复弹也，致使一般人不知晓他还是位肖像画家。不过在闲暇之余，还会画画人物来消遣一下。几年前，萧山区吴越历史文书博物馆馆长申屠勇剑先生，富收藏，为萧山区政协委员。在一次文物交流中，萧山发现了一幅古画《击磬图》，若是无心人一眼而过，就会和这幅画失之交臂了。可是申屠先生是位饱读历代书画之人，发现《击磬图》上落款为"淞云任雀声"，并钤有阴文"任雀声"和阳文"淞云"两印。经过细心考证后，申屠勇剑先生认定《击磬图》竟是大画家任伯年父亲所作，弥足珍贵！预感到斯画可

任伯年　任鹤声像局部

遇而不可求，机会难得，遂出巨资纳入自己的博物馆中，果然成为镇馆之宝。近几十年来，任伯年研究乏善可陈，这一发现可以说是任伯年研究中不可多得的"重磅炸弹"，在互联网上一经公布，立即引起美术界的重视。大家都知道任伯年精湛的写真技法是其父所传，而任鹤声的艺术造诣因无实物验证而不得其详。至此《击磬图》的发现，为此疑问画上了完美的句号。这幅《击磬图》在美术刊物上广泛发表，可以一睹其画风貌。敬请作者不要忘记注明"申屠勇剑私藏"字样，以示对考证收藏者（劳动）的尊重。

　　任鹤声教授儿子画像的因由猜测大体如下：1840年后，外患内乱迭起，再加上天灾不断，粮食歉收，稻米生意难做。任鹤声预感到大难即将来临，儿子小楼（伯年）年龄已届十一二岁，是该学习一门技艺在身，即使粮店倒闭了，也可无冻饿之虞。俗话说得好："一招鲜，吃遍天。"

无量寿佛　任淇

荷花鸳鸯　任淇

就是这个道理。自己为人画过"容像",教小儿学画人像是手到擒来之事,于是教起小儿画人像启蒙来了。

任鹤声的艺术水准不著于艺坛,且无一席之地,但却是一位启蒙有方的美术教育家。经过数年的谆谆教导,任小楼(任伯年)练就了过目不忘的超强记忆能力和娴熟的勾勒线描之法。凡见人一面,就能牢牢记住该人的第一印象,索笔抻纸,略一思索,下笔立就。一幅酷似的肖像画活生生地呈现在人们目前,传神尽在阿睹之中,令人击节惊叹再三。泊长,橐笔鬻画到上海的任伯年,以其超强的写真功夫,曾为胡远、张熊等大家默写画像,令大画家胡公寿、张子祥等沪上画坛领军人物大为惊叹——并不曾和任伯年对面而坐,见了一

击磬图　任鹤声画(申屠勇剑藏)

面,即行画出并惟妙惟肖,使人不得不折服其技艺之高超。他们为任伯年的画艺不遗余力地扬誉,使其在不数年间成为沪上画坛鹊起的新星。这除了任伯年的绘画天资高迈外,任鹤声的教学手法功不可没,只数年间的工夫教会了任伯年善于观察、娴熟的技法,激发了不忘第一印象的超强能力,是现今美术教育也值得借鉴的先例。任鹤声教学法值得赞赏!

海上四任

陈洪绶画

本篇首先要认识任熊、任薰兄弟俩。

萧山任氏奇六房二十一世任椿，家居萧山城厢凤堰里十字弄，育有任熊、任薰两个儿子。大儿任熊字渭长，"天资聪颖，心地光明，成童后即习绘事"。师从村塾师学画，因不受庸师约束而被逐出门墙。小儿任薰字阜长，曾习泥瓦匠。

任熊、任薰为萧山任氏奇六房二十二世，而任鹤声为瓜沥任氏内六房二十二世，他们属于同辈弟兄。但是，同宗而不同支（房），所以表字不同。任鹤声是"鹤"字辈，而任熊、任薰却为"长"字辈。因辈分关系，任伯年尊称任熊为大叔、任薰为二叔，其实，任薰只年长任伯年5岁。小时候，同在凤堰桥下玩耍，形同弟兄。任熊年长任伯年17岁，任伯年对其颇为敬畏，因其常年在外鬻画，他们之间罕有接触。任熊30岁娶山西介休名士刘磐孤女为妻，携归萧山，又不幸罹患肺痨病，斯时为不治之疾且易传染。任鹤声只有任伯年一子，焉敢叫任伯年和任熊接触哉（这是后话）。

道光二十八年（1848），25岁的任熊在杭州结识了周闲。

周闲（1820—1875），字存伯，秀水（嘉兴）人，工诗文、善画花卉，精篆刻，著有《范湖草堂诗文稿》。周闲通军事谋略，曾和太平军作过战，因军功受封奉政大夫，挂同知衔，赏戴蓝翎。周闲是任熊人生中的贵人。

周闲爱才有侠士气，一见任熊即引为知己，甚爱其画。遂引任熊至嘉兴范湖草堂家中，一住竟达3年之久。周闲尽出家中珍藏的自唐至明的名画家作品供任熊观赏。任熊如入宝山，夜以继日对画临摹，一画竟摹数遍，几达乱真方肯罢休。

道光三十年（1850），周闲引任熊渡太湖、游苏州，继而北上至镇江，饱览了三山和大江风光而还苏州。在苏州经周闲引介，又结识了蛟川姚燮，经姚燮盛情邀请，任熊又去明州蛟川（镇海），寓居于其大梅山馆中。

姚燮（1805—1864），字梅伯、复庄，号野桥、大梅山民，道光十四年（1834）中举人。姚燮才高学富，诗、词、书、画皆擅，和周闲十分相知犹笃。这次邀请任熊来住，可见其爱才心切。在大梅山馆，姚燮摘其诗句，由任熊"灯下构稿，晨起赋色"，历时两月有余，完成了杰构《大梅山民诗意图》120帧。其设景之奇、运笔之妙，令人叹为观止。任熊在该图自跋中说："余爱复庄诗与复庄爱余画，若水乳之交融也。"说明任、姚两人，情谊深厚；姚诗任画，珠联璧合，世无其匹。

在大梅山馆居住期间，任熊叫来二弟任薰，罢其泥瓦工，跟其习画。至是任薰亦善染翰，并结识了不少明州周边的书画界朋友，建立了书画交谊网。

任熊常年在外奔波，年届30岁尚孤身一人。因无家口拖累，常游苏、杭、沪、甬等地，倒也潇洒。在沪渎（上海县东北）华阳道院和苏州画家黄鞠、韦光黻、杨韫华等人结书画之社，任熊被推为社长，可见大家对其推崇备至。每至一地，拥趸们携金追随，求其作画，即使得到的是"零缣片楮"，也"珍若拱璧"。

山西介休名士刘磐，字文起，"有倚相之才，下笔万言立就，然孤傲不可近"。周闲爱其才，"千里贻书缔交"，邀请其来苏州相会。刘磐深感高谊难却，因年老而由其女儿陪伴，南来相会。新友旧朋，书画互呈，其乐融融。未几，刘磐因劳顿偶染风寒，竟一病不起，撇下女儿与世长逝了。介休与苏州相距千里，灵柩只好暂厝姑苏。诸事办妥后，忽然发现刘氏孤女断难处置：20岁的大姑娘，千里回介休难保平安，只身一人留在苏州也不是上策。正在犯难之际，黄鞠忽然想起任"会长"已年届而立尚未婚配，刘女虽届及笄之年亦未下过聘礼，两人若结成"连理枝"，则三方都"皆大欢喜"。大家于是分头去说合，任熊不费财礼，凭空得了一房媳妇自然高兴；刘女已届婚配，且父逝无以为靠，加之爱任熊之才，遂含羞应允。咸丰三年（1853），31岁的任熊带着20岁的刘氏，回到家乡萧山，杜门谢客，专注于《高士传》《于越先贤传》《列仙酒牌》《剑侠传》的创作。后由萧山蔡照初雕刻制版，印刷发行。由于任熊早年颠沛流离，娶妻生子后为赡养家庭忙于创作，罹患肺痨，于咸丰七年（1857）十月初七日吐血盈盆而亡，享年只有35岁，身后留有二子一女。而其妻刘氏亦于1863年5月亡故，年仅30岁。

陈洪绶　人物图

任熊艺术成就不可低估，虽然他没有长期生活于上海，在短暂的逗留期间，结识了先期来沪的张熊、朱熊，被誉为"沪上三熊"。在开埠不久的上海滩上，为创立"海派"（上海画派）立下汗马功劳。任熊当时非常年轻，可是画艺超群，人物、花鸟、山水皆擅。尤其人物画高古、铁画银钩，意趣深远。他的绘画刻版《四种画传》在中国绘画史上占有一席之地，被后世绘画引为楷模，影响深远。任熊还擅长书法。书法作品不常作，每作意趣盎然，个人风格独具。他还擅篆刻。任熊尝说："浙东有姚燮，浙西有周闲，文章尽于两人矣，吾复何为乎？"谦虚至此！但其属文不可小觑。他能赋诗填词，每每于绘画作品上题字，甚为可观。他的自画像上题写的"十二时"词一阕，读之即可见其文学修养深厚。可以说，"沪上三熊"，孕育了后来的"海上四任"，此言不虚。

任薰经其兄教导，弃瓦工而习绘事，纯守宋人双勾法，于花鸟人物画独具面目，在画坛占有一席之位。兄嫂弃世后，他负担起亡兄三个遗孤的抚养义务，家居生活很是拮据。任薰没有其兄的际遇，书法、文章、篆刻建树不丰。

任薰在创立"海上四任"画派中起到了"承前启后"的作用。若是没有任薰的谆谆教导，可能就没有任颐、任预的发轫。任熊逝世较早，1857 年，任颐方十七八岁，任预还是乳臭未干的 5 岁娃娃。任颐的父亲任鹤声还在世，任记粮店是要由任颐来继承的，而游方各地去卖画行同乞丐，为任鹤声所不齿。在任鹤声的眼里，任熊只不过是个"游方"

的穷画家（任熊 31 岁前还没娶上老婆），况且任熊在娶妻后便杜门不出，四邻街坊都知道其罹患了"痨病"，大家唯恐避之不及，任鹤声更不会把儿子送到任熊门下去学艺了。但是到了 1861 年年底，太平军攻打萧山后，一切都变了！任鹤声死于避难包村途中，而任颐被太平军抓了夫，九死一生。到了 1862 年 5 月 10 日，太平军兵败宁波，任颐趁机逃出太平军军旅，远去包村寻找父亲。他找到的却是父亲的一堆枯骨。此时的任颐面临的是父死家破，孤苦伶仃，为生计无着而发愁了。

任伯年，1863 年六七月间曾独身"沪漂"，欲想为人画像换米生活。由于斯时上海滩上照相馆的开业，人们留影都去了照相馆，传统手工画像已无人问津。待了半年后，大约于 1864 年春，任颐只好告别患难之交的许铺，从上海滩铩羽而归萧山。任颐在上海期间发现，虽然画人像没有生意可做，但是书画作品还是有销路的，南纸店中挂着书画家的润格，任由买家订购，因此打算学习绘画而成后，再来上海。打听到隔壁凤堰里十字弄的任家二叔任薰也逃难回到家中，于是便登门探望（他知道任氏族中，二叔任薰常年在外鬻画）。

任薰打开门来，一看是隔壁凤堰桥堍任家粮店的"小开"任和尚（任伯年乳名唤和尚）。当知道其请求教授绘画艺术时，任薰面有难色，叹

山水图　胡公寿

山水图　胡公寿

道："听说贤侄会画人像，吾不及也。"伯年连忙摆手，任薰正色道："学画花鸟人物山水，论贤侄才艺，易如反掌。不过如吾者，所画尚且无人问津；贤侄学会后，还不是照样饿肚吗？吾本想去明州、苏州卖画，或能博利，现在哪有闲余资斧成行呢？"伯年听明白后说道："二叔放宽心，区区路费，不需二叔操心。"任薰听罢，方有喜色。至是，任薰收了伯年为徒，择日开讲，教伯年画起花鸟人物画来。

大约经过半年的"速成"教学，伯年本来造型基础就强，一经任薰点拨，伯年马上融会贯通，进步飞快。不过半年，任薰观其所画作品差具形式，也能应世了。于是任薰在1864年秋冬之际，买舟带领着任伯年，师徒俩动身先去了明州，开始了橐笔鬻画的不归路。

任薰师徒到明州鬻画首次驻于何处已不可考了。由世存最早的任伯年为哲卿画的《玉楼人醉杏花天》人物轴上的落款可知：1865年夏月，他们已在明州了，并且作画非常活跃。由任伯年《小夹江话别图》山水轴上的落款可知：1866年春月，他们在万个亭长陪同去了西南乡芦江。过了几天，任薰带来了老朋友姚小复，并恳切邀请他们去真山馆小住。师徒两人便来到姚家。在姚家最大的收获是，任伯年得观任熊画的"大梅山民诗意图"120帧。并在任薰的指导下，任伯年一一进行了临摹，尽得任熊笔意。世人不知就里，金谓任伯年是得任熊亲授，才学得一手任熊笔法。其实是在任薰的指导下，私淑耶（任熊早在1857年已归道山也，安能起熊于地下而教伯年乎）。

更可喜的是，1867年秋月，远在秀水的周闲（存伯）闻知任薰在明州，便跨江来会。原来任薰也曾随兄住于范湖草堂，和周闲稔熟，老友相见，格外亲切。任薰又把徒弟绍介于周闲，并属任伯年为其写像。于是任伯年为周闲画了《范湖居士四十八岁小像》。图中，周闲戴笠挂杖，款款而行。周闲见任伯年身手不凡，欣余便亲题款于其图上。老朋新友相谈俱欢。周闲常在苏州鬻画，就相邀师徒两人同游金闾，任薰欣然应允。于是便有了师徒两人苏台之行。

1868年春，任薰携徒来到苏州。来苏州之前，明州的老朋友得知消息，依依不舍。在老师任薰应允下，任伯年倚装画了幅《东津话别图》长卷。图中表现东津桥上，万个亭长、陈朵峰、谢廉始诸契友和任薰、伯年话别之情景，他们依依不舍之情溢于言表。任伯年总结性的落款中叙述了师徒来甬的时间、经历、离甬原因及所去目的地。这是研究四任经历重

胡公寿书法扇面

要的依据、难能可贵的资料。

任薰由于跟随兄长曾游苏州，就把自己熟悉的苏州画家朋友介绍给任伯年，其中有沙馥字山春（1831—1906），以及从沪上临时来苏客串的胡远字公寿（1823—1886）。沙山春师从马仙根，花卉画以点染为之。而任伯年画学任薰，是双勾填彩，笔法古老且费时工。沙的画法启发了任伯年，遂学点染之法，效果绝佳，面目一新，且迎合时流。任伯年加以己意，一变为自家面目，形成任家笔法。

胡公寿是旅沪大画家，名震沪渎，礼聘上海钱业公会，是任伯年人生中的贵人。胡公寿和任熊同年，所以视任薰若弟。对任伯年的印象，初不经意，接触之中，发现任伯年记忆力超于常人，独有过目不忘之本能，是个天生的肖像画家。胡公寿阅人多矣，凭直觉认定任伯年是个百年不遇的画才！若加以调教，遇上时机，前途不可限量。所以胡公寿至此特别看重任伯年，任伯年在苏州是时所画，辄有胡公寿代为题跋。要知道胡公寿已是沪上举足轻重的知名大画家，甘于为无名小学徒之画代款，可见胡公寿非常看重任伯年了。任伯年书法类似其师任薰，胡公寿教导任伯年临帖，学习颜鲁公、王右军。经过多年努力，任伯年书法有了自家面目。

任薰教导任伯年已达4年，感到任伯年已有单飞的能力了。若是师徒还在一起，一是任薰感到已无可教之处，二是徒弟的能力似乎已妨碍了自己（接件）生意。任伯年时年近30岁，也该独自闯荡世界了。任伯年鉴

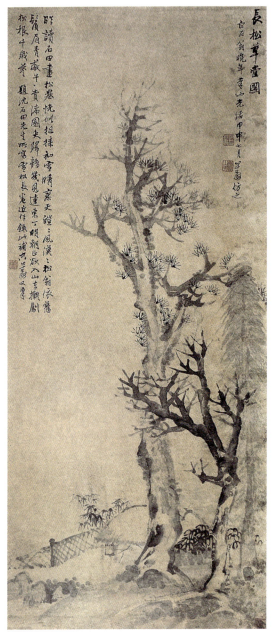

长松草堂图　胡公寿

于 1863 年首次闯荡上海的教训，现在已学得一手花卉人物的技艺，艺术上可以独当一面了，只是"保人"还无着落。任伯年人生中的贵人——胡公寿得知缘由后，即书写一封推荐信致上海古香室笺扇店，安排任伯年驻店书扇鬻画。由是，任伯年得以安身，开始了上海鬻画的生涯。

任薰送走了徒弟任伯年，还有一位需要抚养教育之人——侄子，即任熊之子任预立凡。任预 5 岁丧父、10 岁丧母，人生坎坷。身下还有一弟一妹，均需要任薰负担。1868 年任薰初到苏州时，任预年方 15 岁，已到了学艺的年龄。因此，就把任预接到身边习画，任预得以接触到画界的老师，耳熏目染，走上了艺术之路。任预少小失怙，无人督促，养成了懒散的生活习惯，又不肯习画。叔父任薰命之学，便胡涂乱抹，从而一改任氏笔法，歪打正着形成自家面目。其画纯以天分秀出尘表，正如王谢子弟虽复拖沓奕奕，自有一番风趣。任预画学师从任薰、任颐外，还曾向赵之谦学习过篆刻。成年后，来往于苏沪甬间鬻画自给。任预不改懒散的习惯，非到极贫至窘不画。世人视任预是为四任中之殿军。不过，任预能于古法中自创新意，书画作品别具情趣，窃以为不亚于他任也。

由此可知，虽然任颐、任预没有直接向任熊学习，但通过任薰的亲身指导，间接地使两人系统地继承了任熊的衣钵，从而形成了"海上四任"画派，任薰的功绩不可没焉！所以说，没有任薰，"海上四任"安在哉！

任薰流寓苏沪间，后听说徒弟任伯年之画甚火于沪上，亦来沪上鬻画，画价不逮徒弟且少有人问津，一气之下便把笔砚掷于黄浦江中。此当为巷议俚谈，不可俱信。任薰1886年52岁方定居苏州，与苏州名士顾文彬之子

清供图　周闲

顾承交谊颇深。苏州怡园初建时，顾文彬推荐任薰为该园作设计图。原来任薰早年曾从泥瓦业，泊长，每至一地，辄关注当地园林风景布局，对此颇有研究。怡园园景布局分东西两部，中间以曲折的复廊隔开，墙上均设图案各异的漏窗沟通两园的景色，使得园景愈显幽深莫测，使人流连忘返。这些都是出于任薰的构撰，可见他颇精于园林设计艺术。

任薰从兄任熊学画，深得陈洪绶真传。人物衣纹常以钉头鼠尾描、高古游丝描、铁线描为之，"衣纹如铁画银钩"，劲健沉雄，宛若疾风

劲草；用笔跌宕起伏，错落有致，设色古艳典雅；人物造型奇崛伟岸，气宇轩昂，不食人间烟火，成就最大；而花卉好以双勾填色为之，别具匠心；山水画不常作，偶一为之，也颇可观。画毕落款，少记岁次（而任颐每画必写年款），使后世整理任薰的绘画编年史颇具困难。

任薰定居苏州不及几年，55 岁时双目失明。加之爱子先于己而逝，晚年的任薰心情非常沮丧，59 岁（1893 年）时卒于苏州，他在四任中最为长寿。

任预虽然得叔父任薰亲炙，但能广收并蓄，所以和任薰的画风拉开了距离。他画人物，绝少钉头鼠尾习气，画风别于时流，有一种疏懒落拓的风趣。这是他的天分秀出尘表之故，是世人学不来的原因。任预生活的年代，已是封建社会的末年，他于 1901 年逝世。再过 10 年，中国就进入了民国时代，西风东渐愈加激烈。学画之人或远渡太西，或近取东瀛，西画素描已成为学画的必需。人们的视线发生了转移，传统的任预的画风遂成绝响，至此，"海上四任"画派进入了历史。

蔬果图　任伯年

四任的生辰

四任当中，任熊生于 1823 年农历六月十二日，这是《萧山任氏家乘》中，记载任熊词条上写明的。任薰、任预的生日也有注明，此处不赘。

任伯年扇面

时间到了 1939 年，适逢任伯年诞生百年之际，上海的画家们为纪念大师，拟举办"任伯年百年纪念展览会"。但是，不知道确切的日期在哪一天，就咨询了收藏大家钱镜塘先生。钱先生收藏任画甚多，研究颇深，号称"研究任伯年中国第一人"。

钱先生思量再三，只说了诞辰就在 8 月份吧。于是，1939 年 8 月 18 日—22 日假上海（南京路）大新公司四楼举办了"任伯年百年纪念展览会"。因盛况空前，后应观众的要求又登报延展了一天，至 23 日结束。

为什么这样定日期呢？原来，钱先生根据江浙一带，婴儿起名，有根据时令气节而定的习惯。任伯年原名为"任润"，天气因多雨而润，江浙一带多雨之时就在 8 月。任伯年生日在 8 月间，十之八九当不会有错，百年纪念展览就在 8 月举行了。

即便如此，虽然解决了展览日期的问题，但是任伯年的生日到底是哪一天，却还是一个谜。

任伯年的生日，除他自己知道外（父母当知，但已双亡），他的发妻及长女任霞一定也会知道（每年要为其过寿）。但是到了 1920 年陆夫人母女双双去世后，知道的大约还有其长子任堇叔了。可惜的是，任伯年 1895 年弃世时，他才 15 岁，少不更事。1928 年，徐悲鸿有机会和他见面采访时也未听到言及诞辰事，如果听到了，《任伯年评传》里一定会有注明的。到了 1936 年，任堇叔也去世了，任伯年的生日就彻底湮没在人们的记忆中了，于是就有了前文钱镜塘先生说任伯年生日在 8 月份的话。

1950 年徐悲鸿著《任伯年研究》、1963 年俞剑华著《中国美术家人名辞典》中的"任伯年"词条，都无其生日的记述。以致到了今日，可以说，美术界真是无有人知晓此事了！

长春图　任伯年（52 岁画）

作为一位颇具影响力的文化名人，在介绍他时，完整的纪年是必需的附属文字。任伯年的忌日是 1895 年 12 月 19 日（农历十一月初四），这是大家公认而且有证可查的事实（吴缶庐日记有：哭任伯年先生光绪廿一年乙未十一月初四日殁）。但是，因为不知道他的生日，为了藏拙，往往在介绍任伯年时，文章作者大多连其忌日都省略掉了，岂不遗憾！

笔者少年时，自闻任伯年大名之际就因看不到有关他的生日记载而感到奇怪，所以遍处收集这方面的资料而不可得，只好另辟蹊径以求之。所以，笔者开始非常认真查看任伯年的片文只字，是否可以从中探得一些蛛丝马迹呢?

任伯年是个职业画家,他在接受画件时,有许多是买家需要而指定的题材,所以必须要迎合每位客户的需要。不能像当今的画家那样恣意所为,胡涂乱抹,随你爱要不要,我行我素(反正有工资按月领取)。而任伯年要以画换米,必须迁就买家,做到有求必应。譬如说,每年的端午节,他必定要画钟馗,因为买家要请钟进士来家避邪,杀鬼以求吉祥,所以,各种姿态的钟进士就出现在了他的笔下。还有就是祝寿的题材,因为这方面的画很有市场,任伯年只得反复地画,才能够满足客户的需求。

祝寿题材大多以花鸟、人物为主,山水画鲜有表现。花鸟画以吉祥物如仙鹤、梅花鹿、寿带鸟居多,植物中以寿桃、灵芝、松柏为主。人物画则以神仙人物为主打,如老寿星、麻姑、无量寿佛、弥陀佛、广成子等等。这些题材,在任画中俯拾皆是,举不胜举。

定制的祝寿画件,往往都要题有上款,如,"某某先生大人七秩大寿""某某太夫人八秩称觞"等字样,显示出做寿主人的姓氏大名。书写时间大都是书写完成之月份,不见有写出具体到"日"的例子。因为画件还要经过装裱,所费时日不可估量也,故不便注明具体到"日"的时间。

笔者翻阅任伯年画集时,找到一幅《麻姑寿星》图,其落款曰:"光绪辛卯秋九月上浣。山阴任颐伯年甫。"原来此幅画作于1891年农历九月上旬(上浣)。虽然没有写具体日期,而记述为上旬,已属罕见。此幅画有寿星老人、麻姑奉酒上寿,一看便知为祝寿而作。

又翻阅到一幅《无量寿佛》图,其款曰:"无量寿佛。光绪壬午重九。山阴任颐写。"这幅画作于1882年农历重九(九月九日)。这样具体到"日"的题款引起笔者极大关注!无量寿佛亦是代表长寿之意,当是为祝寿而画的。但是,这两幅祝寿画,却无有上款,不知为谁祝寿而画。为什么要把日期具体写到"九月九日"呢?可见"九月九日"一定是他人抑或是任伯年本人需要特别记住的日子。为了查证其重要性,笔者不厌其烦地通读了一遍收藏到的任伯年画集,在题款中能具体写有年、月、日的除了除夕、元旦,最多的是所画钟馗的作品了,如,"光绪某某年夏五月五日画钟进士像。山阴任颐伯年甫";还有精确到"时"的,如,"某某年夏五月五日午时点睛。山阴任颐伯年写于颐颐草堂";不一而足。

麻姑寿星　任颐（52 岁画）　　　　　无量寿佛　任颐（43 岁画）

除此以外，就没有再发现日期写得如此具体（如九月九日）的画例！九月九日到底为什么非常重要呢？笔者百思不得其解。

　　这个问题萦绕在笔者心中达数年之久。一日，笔者闲逛国民旧书店时，发现店内进了批"拍卖图录样本"。于是便驻足翻看，挑了数本带回书斋细观。当看到一本书中载有任伯年作品，就细细读起来，发现刊有一幅《广成子仙人》人物画条幅。图中画有一仙人凭几而坐于山洞之中，一书童侍侧。山洞之上画有松树两株、菩提树几丛。一见衣描画风便知是任伯年笔法无疑了！接下来再看其所题款识，款曰："悬崖一千仞，非仙不能止。中有隐几者，疑是广成子。光绪己卯（1879）秋九月九……"哇！又是"九月九"。往下再看，不得了，竟然写着"山阴任颐伯年写即祝自寿"。"写即祝自寿"——不就是画了此幅《广成子仙人》的画

广成子仙人　任伯年（40 岁画）

款识：悬崖一千仞，非仙不能止。中有隐几者，疑是广成子。
光绪己卯秋九月九。山阴任颐伯年写即祝自寿。

张果老图　任伯年（41岁画）

为自己祝寿吗？！反复再读数遍，确信这是真的后，长长出了口气，萦绕心中多年不解之谜顿时释疑，原来重九日就是任伯年的生日啊！

平静下来后，再次梳理一下思绪：原来，世俗之中，把逢十的生日看作"整寿"（大寿），其他年份的生日为小寿。己卯年（1879）是任伯年的40岁整寿，从1869年秋冬季第二次到沪，经过10年的打拼，任伯年已在沪上画坛占有了一席之地，画艺正如日中天。适逢自己四十大寿，当然要"隆重"庆祝一回，所以要画一幅《广成子仙人》图，以记喜庆，希冀祈求长寿。在题款中就写上"即祝自寿"的字样，以作纪念，生日过后收藏于家。（因有自寿上款不便卖出，只能压箱底了）而在1882年画的《无量寿佛》图、1891年画的《麻姑寿星》图是为庆贺自己小寿而画的。过寿时在厅堂中张挂一回，做个应景，事后还可以再卖出去（因无上款和"自寿"字样），不必再去压箱底了。

任伯年56岁去世，算来他的"整寿"只有过三次：30岁、40岁和50岁（20岁方为成年不算寿）。30岁时刚到上海，一切从零开始，"先生初至沪渎……极不得志"（陈蝶野），自然无心事去做寿了。只有到了40岁时，事业有成、儿女成行，方有情绪为自己做大寿了（于是便欣然在画中写上"自寿"字样）。今得见其一（而50岁整寿自祝寿的画，还未发现），就占了百分之五十。任伯年因年轻时，经历太平军军旅生涯，备受严寒蹂躏，罹患哮喘之疾。年老体衰，喘咳不止，非得吸食阿芙蓉方能起身作画，引起世人诟病。任伯年饮鸩止渴，岂不知鸦片之戕害哉！而不得不为之。所以任伯年非常渴望长寿，大抵每年到了9月初就有了准备为自己作画祝寿的习惯。计算下来，一生中最多也只有26幅这样祝寿的画（30岁至56岁共26年）。现在发现了5幅其款上有"九月九、九月上浣"祝寿字样的画，就占到其中的五分之一了（时间经过百多年，任画作品大部湮没，存世不及二三）。所以说，这个几率是非常之高的。因此有理由可以认定，任伯年的诞辰是1840年10月4日（清道光二十年庚子九月九日）。

［任伯年重九日诞生后，其父任鹤声给他起名为任润，字次远，号小（晓）楼，乳名和尚。原来，古代人认为九是阳数之极数，《周易》中也以九为阳、六为阴。九月初九日有两个"九"，故名"重阳节"。阳上加阳，阳极而衰。阳有火意，润带水因。水能克火，取"润"为名十分恰当。重九日，民间又有登高望远之俗。远行停留处所为次，"次远"为字，心存高远也。费丹旭是任鹤声崇拜的大画家，所画肖像宗法费丹旭。费又号"小（晓）楼"，拿来用在儿子身上，有何不可？任鹤声老大有子，希冀佛祖保佑其茁壮成长，乳名就唤"和尚"。任伯年画有片楮小画《沐浴图》，画一女子沐浴，题款曰："写与小和尚（玩玩），灯下并记。"原来，任伯年因自己乳名"和尚"，生下了儿子任堇，因循就叫"小和尚"了。］

四任与太平军

太平军行军队伍组成

任熊生活年代，那时太平军还未打到萧山，所以和太平军还没有什么交集。但是任熊和周闲关系密切，周闲因军功受封奉政大夫，挂同知衔，赏戴蓝翎，曾参与官军和太平军的战斗。

1853 年之际，太平军攻陷润州，北据瓜步。周闲在军中乘楼船诸军扼京口，对抗太平军。

周闲一纸相召，任熊即来到京口。后来两人曾观看官军与太平军之三叉河之战，任熊当场作《破阵图》。诗人戴德坚作诗曰："焦山大军夜攻贼，千艘齐进乘夜黑。巨炮雷轰神鬼号，洪涛壁立蛟龙匿。君（任熊）正挥毫两肩耸，枪丸乱落屹不动。须臾写出《破阵图》，帐下围观万头竦……"1855 年夏，任熊偕陈埙重游焦山，驻军总帅周士法、副帅雷以諴非常重视，待为上宾。之后，周闲带领任熊访江南大营向荣戎幕，为向荣绘制地图，呈立体状，宛如山水长卷。任熊生前，因周闲之故，曾积极参与官军对太平军的战斗。待到 1861 年 11 月太平军攻打萧山时，任熊已去世 4 年多，所以和太平军没有交集了。

1861 年 11 月，太平军陆顺德打到萧山时，任薰带领任预先期及时逃脱，没有被抓为民夫，难后平安回乡。而任伯年遭遇就惨了，在父亲从萧山逃回任家溇后，耽搁了时间，再从瓜沥出逃诸暨包村时，路途中正好和太平军兵锋相遇，他被太平军抓到后，遭遇就一言难尽了。

太平军之于任伯年也可以这样说：成也太平军，败也太平军！

此话何谓，且看下文。

1861 年春，忠王李秀成统军西上湖北，到 9 月上旬便回兵抵达江西铅山，接收了脱离翼王石达开部东返天京的观天燕童容海、孝天豫朱衣点以及广东三合会等军 20 余万人马，再加上自带兵力，李部一时达到 70 余万人马。由于兵员遽增，粮草物资供应不足，准备东去浙江就食。

1861 年 9 月 25 日，李秀成率大军由江西玉山占领了浙江常山，10 月 3 日便占领了遂安。10 月 13 日，忠王李秀成约请侍王李世贤于严州城外会商，制订两军图浙计划。商定一路由忠王部经桐庐、富阳直取杭州；一路由侍王部经诸暨至嵊县，再兵分两路，南北夹击宁波。

浙江各地民众得知太平军号称百万大军将至，官绅富户挟资纷纷逃往上海、宁波的外国租界地以求庇护，而众多的平民则逃往山区荒野藏身避难。此时各地团练蜂起，以求自保。诸暨县北部山区小村庄包村也组织了"白头勇"团练，其帅包立身倡言：凡来包村避难之人，均可保无性命、财物之虞。附近萧山、绍兴、嵊县、诸暨等地民众扶老携幼，约有 17 万余人纷纷逃到包村避难。任鹤声闻知此信息，亦打算携子逃往包村避难。

太平军忠王部 10 月 20 日攻占余杭县后，准备攻打杭州。李秀成为切断杭州与宁波之间的联系，认定占据萧山、绍兴两地是当务之急，使杭州、宁波的清兵首尾不能互相救援也。

太平军李秀成派遣认天义陆顺德从富阳和尚店，于 10 月 26 日渡江攻占了临浦镇，近在咫尺的萧山城厢民众得知此讯后纷纷外逃。任薰携家人马上出逃；任鹤声也连忙打烊关店，收拾行囊，逃回瓜沥镇任家溇的家中。

10 月 27 日，陆顺德就攻占了萧山县城。忠王又派养子李容发、侄子李容椿来萧山协助陆顺德把守，并准备去攻打绍兴。

10 月 29 日，侍王部进天义范汝增、宝天义黄呈忠便攻占了诸暨，而范汝增的兵锋已到达绍兴、诸暨两地必经之地陶隐岭，扼住了绍兴和诸暨的交通咽喉。

话说任鹤声连夜逃回家中，发现时日紧迫，绍兴一旦被太平军控制，从瓜沥去包村的必经之地陶隐岭就会被阻断，避难包村就要泡汤（此时他不知道陶隐岭已被侍王部范汝增攻占了），自己年老侥幸可得无虞，可是儿子正值壮年，正是太平军拉夫的首选对象，所以儿子必须马上就得上路。任鹤声当即立断：要儿子先行去包村，自己留下料理好家务再去包村和儿子会合。

任鹤声马上送儿子南去诸暨包村，岂不知，这竟是父子生死离别的最后一面。

11 月 1 日，太平军陆顺德攻占了绍兴。

任伯年何时动身去包村避难的呢？从以上时间估计，大约在 10 月 28、29 日这两天起身的。只身经过党山、马山至陶堰，翻过陶隐岭古道，南下王坛镇后，西去翻过上谷岭，再走赵家镇、枫桥镇，就到阮市镇的包村了。

哪里知道，此时侍王部进天义范汝增已布兵陶隐岭，宝天义黄呈忠布兵上谷岭，抓捕过往的行人以补充民夫、充当脚夫、旗手、积极准备物资，去攻打宁波。

任伯年刚走下陶隐岭，即被太平军擒获。忐忑不安的任伯年，被押送至太平军大营内。大酋（范汝增）点视一过，把年轻力壮、不会使用兵器的任伯年指派到仪仗队去执掌大旗。

太平军行军打仗，前队是一列仪仗队，高举大旗猎猎迎风招展，清军望之便已丧胆，先已气馁也。两军接战，走在最前面的仪仗队成了人肉盾牌，挡住了清军枪弹，后面的太平军主力丝毫无损，往往致使清军不敌而大败。这是太平军屡屡致胜的法宝。仪仗队成员由于直接面对清兵枪弹，伤亡减员较大。太平军每到一地必抓捕大批年轻民夫，补充进仪仗队里。所以民众望见太平军来袭，纷纷逃避。这次，任伯年被抓，无意间成为一名"勇敢的战士"，抵挡清兵的枪林弹雨，去为太平军冲开一条血路！

11 月 9 日，进天义范汝增从陶隐岭、宝天义黄呈忠从上谷岭，一举攻占了嵊县。然后，执行侍王李世贤的部署：黄呈忠率部走水路，攻占上虞、余姚、慈溪、镇海，抵达宁波北门；范汝增率部走山路，攻占新昌、奉化、鄞县，抵达宁波南门。

12 月 9 日，黄呈忠、范汝增军南北两路夹击，一举攻占了宁波。

任董叔题《任伯年四十九岁小像》曰："先处士少值俭岁，年十六陷洪杨军，大酋令掌军旗。旗以纵衮二丈之帛连数端为之，贯如儿臂之干，傅以风力，数百斤物矣。战时麾之，以为前驱。既馁，植干于地，度其风色何向，乃反风跃坐，隐以自障。敌阵弹丸，挟风嘶嘶，汰旗掠鬓，或缘干堕，堕处触石，犹能杀人。尝一弹猝至，撼旁坐者额，血濡缕立殪。先处士顾无恙。军行或野次，草块枕藉，露宿达晨。嬴粮蓐食，则群踞如蹲鸱，此岭表俗也。年才逾立，已种种有二毛。嗜酒病肺，捐馆前五年，用医者言，止酒不复饮。而涉秋徂冬，犹咳呛哕逆，喘汗颊泚，则陷赭军时道途霜露，风噎所淫且贼也，此影盖四十九岁所摄。孤子董敬识。"

县。① 接着又克松阳县（今改为镇）。② 10月20日（天历9月初十日、9月17日）再克处州府（今丽水县），署总兵特保、知府李澍等退驻石帆。③ 10月23日（天历9月13日、9月20日）李世贤部天地会部队自武义再占宣平县（今改为镇），11月3日（天历9月24日、10月初一日）又退往武义。④ 10月25日（天历9月15日、9月22日）再克缙云县。⑤ 11月8日（天历9月29日、10月初六日）进天义范汝增由会稽（绍兴府附郭邑）陶隐岭、宝天义黄呈忠、志天燕何文庆及周胜富由诸暨上谷岭两路入嵊，于次日克复嵊县，以周胜富守之。⑥ 11月12日（天历10月初二日、10月初十日）范汝增克新昌县。⑦

李世贤部黄呈忠、范汝增克复宁波府及其属邑 黄呈忠、范汝增等既克嵊县、新昌，便准备进攻宁波府，分兵两路，南北夹击。讨逆主将进天义范汝增统军由嵊县陈公岭走山路攻奉化，稍受奉化团练阻挠，于11月26日（天历10月16日、10月24日）克奉化县城，令那天义吕林德守县城，以降将单木兰率铜刀会百余人为前导，准备由南路攻宁波。⑧ 殿右军主将宝天义黄呈忠、志天燕何文庆等走塘路攻上虞，经清风岭，地主团练三十六社守之甚坚，相持数日。11月21日（天历10月11、10月19日），起义民众陈文朝引黄呈忠

---

① 光绪《遂昌县志》卷11《兵戎》。《太平军克复浙江各县日表》记于阴历11月16日克遂昌。

② 庆端奏，见《方略》卷279第21页，原奏不著录日期。《太平军克复浙江各县日表》记于阴历11月15日克复。

③ 光绪《处州府志》卷12《戎事》，庆端奏（见《方略》卷279第21页），陈世章奏（见《方略》卷279第4页）。据光绪《处州府志》卷12《戎事》记载，此次克处州、遂昌、松阳者为和会军，和会军以何人为首领，待考。

④ 光绪《宣平县志》卷18《兵戎》。

⑤ 《太平军克复浙江各县日表》，光绪《缙云县志》卷15《兵事》。

⑥ 同治《嵊县志》卷3《建置志》《兵防》。

⑦ 民国《新昌县志》卷7《大事记》。

⑧ 参合光绪《奉化县志》卷11《大事记》、《谈浙》卷3《谈咸丰十一年十一月初八日宁波失守事略》。克复日期后书记为阴历10月25日，光绪《鄞县志》卷16《大事记下》也记为阴历10月24日。

354

李世贤军占领严州、桐庐、诸暨等府县 李世贤军于10月20日（天历9月初十日、9月17日）击败提督张玉良、副将罗大春占领严州府（旧治在今建德县东），①这是第四次占领严州了，交天地会军谭富守之，②张玉良由水路退义桥。同日克桐庐县。③10月29日（天历9月19日、9月26日），李世贤部进天义范汝增自浦江克复诸暨县，莲蓬党首何文庆起义参加，封志天燕。饶廷选、林福祥等军先期退杭州。④

李秀成军占领萧山县、绍兴府 李秀成部南破忾军主将认天义陆顺德于10月26日（天历9月16日、9月23日）由富阳和尚店（一作河上店、河上镇）出夺敌外江炮船，渡江占领临浦镇，10月27日克复萧山县，11月1日（天历9月22日、9月29日）克复绍兴府（今绍兴县），清军降者数千人。先是绍兴民众与炮兵相闹，知府廖宗元出城弹压，民众击伤宗元，王履谦团勇杀炮兵及廖宗元亲兵数十人。太平军克绍兴时，廖宗元自尽，王履谦逃赴上虞，后航海入闽。⑤李秀成又派其侄王相李容椿、养子忠二殿下李容发统军赴绍，接着又遣吉庆元前往。⑥

李世贤军再克处州府及其属县与嵊县、新昌等县 李世贤部于10月16日（天历9月初六日、9月13日）自金华再克遂昌

---

① 日期据庆端奏，见《方略》卷279第1页（此奏说为李秀成所克，当误）。《太平军克复浙江各县日表》也记为此月。但《方略》所录瑞昌、王有龄奏记为阴历8月17日，见《方略》卷276第28页。秦缃业等《平浙纪略》卷16也记为阴历8月。

② 据光绪《兰豁县志》卷8《杂志》《兵燹》。《谈浙》记为谭星，当误。

③ 《太平军克复浙江各县日表》。

④ 护理浙江提督参将陈世章奏（见《方略》卷279第3—4页），《谈浙》卷2《谈咸丰十一年三月十九日金华失守事略》，宣统《诸暨县志》卷15《兵备志》《寇变剿抚》。《太平军克复浙江各县日表》记为阴历9月24日。

⑤ 《谈浙》卷2《谈咸丰十一年九月廿九日绍兴失守事略》。克复绍兴日期，亦见陈世章奏，见《方略》卷279第4页，又庆端奏，见《方略》卷286第1页。据李秀成在《自述》中说，萧山、绍兴都是清军献城，但未见清方奏报，不知其将领姓名。据《李秀成谕子侄书》说绍兴清军降者数千人。

⑥ 据《李秀成谕子侄书》。

月6日（天历3月25日、4月初八日），陈世章、张景渠等督游击布兴有、布良带等水师会地主团总李涓等团练进扑镇海，志天义何文庆出战不胜，于夜间开西门出走。范维邦投敌。镇海县陷落。①

布兴有等师船于次日至宁波江北岸。② 5月8日（天历3月27日、4月初十日）哇乐德克及法国水师参将耿呢警告黄、范两将，在清军进攻时，如城上炮火扰及江北岸租界及舰上军民，即还炮攻城，并劝他们和平退出宁波。③ 黄、范两将当即照复，清兵自何处来，即对何处开炮，如恐伤及江北百姓，请令清军由别处来攻，勿由江北而来。并云本主将等北征南剿，无非欲得疆土，拒绝放弃宁波。④

5月10日（天历3月29日、4月12日）清晨，布兴有等战船从英法兵舰之旁驶过，其中一艘向炮台开火，太平军为慎重起见，尚未还击，而哇乐德克即令兵舰向城上发炮，太平军就立即还击，于是甬江中的英舰四艘、法船两艘就一齐向宁波城开炮，大战五时之久，城墙被英、法大炮轰塌，敌人蜂拥入城，太平军巷战至下午五时，才从南门、西门撤退，宁波府（今宁波市）就陷落了。法军参将耿呢及英舰长 Craigil Huxham 等官兵数十人受伤，耿呢伤重，旋死，由勒伯勒东继任。英国少佐科诺华等阵亡。⑤ 不久，哇乐德克在宁波招募中国人千名，训练成军，取名常安军及定胜军，头裹绿

---

① 据光绪《镇海县志》卷37《杂识》，光绪《鄞县志》卷16《大事记下》，李鸿章奏（见《方略》卷304第5—6页，《李鸿章奏稿》卷1《洋将克复宁波片》。庆端奏记为阴历4月初九日，见《方略》卷312第7页。

② 光绪《鄞县志》卷16《大事记下》。

③ 《日志》下册第891页，《太平天国革命亲历记》第18章第419页。

④ 据《黄呈忠范汝增致英法军照会》（见《太平天国》第2册，原文称致英法领事照会，当不妥）。

⑤ 参合《日志》第892—893页，罗尔纲先生《太平天国史稿》1957年版卷33《黄呈忠范汝增列传》，夏福礼《报告英法军攻占宁波》（见《太平天国史料译丛》），光绪《鄞县志》卷16《大事记下》，李鸿章奏（见《方略》卷304第5—6页，《李鸿章奏稿》卷1《洋将克复宁波片》，庆端奏，见《方略》卷312第7—8页。

375

　　任堇叔惯听父亲谈及遭遇"长毛"之事，以上记述都是听来的印象，唯独时间记述和历史年限不符（不知何故）。任伯年16岁，当在1857年间，太平军还没有攻打到萧山、绍兴，他怎么会"陷洪杨军"呢？其他记述皆可信。1861年秋冬至1862年间，当时在浙江进行军事活动的，只有忠王李秀成部和侍王李世贤部。李秀成主力用来攻打杭州，只派一支小部队认天义陆顺德攻占萧山、绍兴后，成为当地的守军，主要的任务是切断杭州和宁波的联系。而去攻打宁波的太平军就只有李世贤的部下——进天义范汝增和宝天义黄呈忠两支部队了。从"军行或野次，草块枕藉，露宿达晨。赢粮蓐食，则群踞如蹲鸥，此岭表俗也"的表述中可知，任伯年所在部队，当是步行去打仗。任伯年和家人闲谈此事时没有涉及坐船、舟行的记述，因此可以肯定地说，任伯年参加的必定是进天义范汝增部的太平军了。

　　是年，据《清稗类钞》"气候篇"有关记载，气候严寒，普降大雪，雪深达数尺，摧树毁屋，致使港湾断流，路无人迹。任伯年出来避难时身穿秋衣，到了12月攻打宁波时，依然是这身装束。可想而知，露宿在山野间，天寒地冻，大雪满山，寒风砭骨，使任伯年身体备受戕贼，以致罹患了哮喘之疾。

　　任伯年随太平军驻守在宁波，一直挂念父亲任鹤声（还不知道父亲已殁），做梦都想有一天能脱离军伍，就去包村和父亲会面。到了1862年5月10日，在英法炮舰及布兴有团勇的联合围攻下，宁波城墙被炮火轰塌，团勇首领布兴有督众兵勇蜂拥攻进城中。经过惨烈的巷战，太平军战斗到傍晚，天色渐暗，军力不支，兵败宁波撤退。

诸暨阮氏镇包村外景

包村远眺

　　兵败的太平军，慌忙向西退却，原来走在队伍前面的仪仗队，变成了队尾。任伯年忽然发现，逃走的太平军完全失去对仪仗队的控制。任伯年马上意识到，此时不逃，更待何时？于是趁天黑夜暗、人马混乱无法辨认之时，佯装中弹倒地不起。静待追兵、逃兵都呼啸远去了，四野寂静无声时，任伯年才敢爬起身来，确认现在已是自由身了。于是任伯年为安全考虑，采取了夜行昼匿，打听着包村的方向，摸索着向前行进。

　　原来包村是诸暨县北部山区的一个小村庄，村民依村后马面山山坡筑屋而居。若翻过村后的蛟岭、腊岭，就是绍兴会稽县境。由于大山隔阻，从会稽到包村虽然近在咫尺，也要绕道陶隐岭方能到达。包村形势虽然易守难攻，却没有水源（仅靠山泉）和粮道。

　　春秋战国时有申包胥，到了三十五代孙，有包拯是宋朝龙图阁直学士、开封府尹。1126 年，北宋南渡，包拯后代包天锡迁至杭州，后定居于诸暨砚石村。传三代至包万一，再迁居枫桥包村，是为包村包姓始迁祖。1860 年前后，包村居民约有 400 户、3000 余人。

　　1861 年 10 月 29 日，太平军攻占了诸暨县。守军派员前来包村登记户籍，被"白头勇"包立身杀害。太平军守军立即派人马开到包村镇压，却被包立身击溃。由于太平军主力军去攻打杭州、宁波了，守军兵力有限，只好派兵把包村围困，以待后援。

　　回头再说任鹤声。1861 年 10 月末，任鹤声把家中贵重物品该藏的藏、该埋的埋，处理停当后，乔装打扮成乞丐，步履蹒跚地踯躅在逃难包村的路上。

　　路上没有受到盘查，任鹤声就到了包村外围。由于太平军守军围困了包村，任鹤声不敢造次，只好先到本家侄女婿住处打听消息。侄女婿接住，任鹤声得知儿子并未来找堂姐（他不知道儿子已被抓为民夫），以为儿子已去包村了，着急要去包村寻子。侄女婿说：白天"长毛"看得太紧，夜间前去方能无虞。熬到天黑人静，在侄女婿的指点下，任鹤声摸黑顺着山路，深一脚浅一脚向着包村摸去。可是过后，有村民告诉侄女婿，山中沟壑间倒毙了一老者，很像前天来到你家的亲戚。侄女婿前去一看，果然是伯父已死在山沟里了。此时兵荒马乱，太平军来回巡逻，侄女婿不敢造次，没办法，只好把伯父腰间的"淡巴菰"烟具插在尸体旁，做个记号，以便日后再作处理。

　　任伯年摸索到包村外围已是 6 月间，不敢造次，只能藏匿远处观望。

陶隐岭古道，全程4千米，在王坛镇新联村至平水镇金鱼岙间，南北走向，是古代绍兴至诸暨的唯一通道。

此时包村已被太平军围困了半年之久。陆顺德已封来王，又调集来听王、梯王、首王等五王之军，号称十万，夹沁湖而驻军，扬言："宁可失天京，不可失包村！"誓要踏平包村而后快。太平军来王又调来工兵，暗挖地道，直抵包村地下。7月末，地道已达包村祠堂地下，来王命填以火药。7月27日清晨，火药引发，一声巨响，祠堂被轰塌，火光冲天，硝烟弥漫。太平军趁机掩杀，致使溪流变成为血流，包村瞬间变成人间地狱！

包村被夷为平地后，躲在远处的任伯年凭战斗经验，遥知包村发生的一切，数日后方敢露面前去包村。只见遍地尸体，哪里去寻找父尸呢？无奈，只好到旁村找到堂姐家，堂姐夫说伯父已死了，便带领任伯年来到山野间，遍寻尸体数具，方查到插有"淡巴菰"烟具的一具尸首。任伯年一看是枯骨一架，不敢相信这就是父亲。再翻看衣物时，内衣中掉下一包首饰，竟是自己见过的旧物，方相信这就是父尸了，大哭不已。堂姐夫劝阻之，捡拾来树枝，就地把尸骨火化了，装殓入行囊，携归家乡任家溇和母亲合葬，尽了为人子之责。

"赭军（太平军）陷浙，窜越州时，先王母已殂。乃迫先处士使趣行，已独留守。既而赭军至，乃诡丐者，服金钏□□，先期逃免，求庇诸暨包村。村据形势，包立身奉五斗米道，屡创赭军，遏尼麋至。先王父有女甥嫁村民，颇任以财，故往依之，中途遇害卒。难平，先处士求其尸不获。女甥之夫识其淡巴菰烟具，为志志其处，道往，果得之。宛然作两龙相纠文，犹先王父手泽也。孙男堇敬识。"这是任堇叔在《任淞云像》轴上题跋之语，道出了祖父任鹤声避难包村而死亡的情景。

包村血难3年之后，诸暨县衙方派员捡拾尸骨掩埋之。一说，得头颅骨14077颗（浙江布政使蒋益澧奏折）；又一说，得头颅骨171260颗（包友山遗稿）。包村掩埋尸骨共建了5座大坟，号称"十万人墓"。二十世纪60年代后，5座大坟被掘除，墓内尸骨当作磷肥撒向田间肥了庄稼。

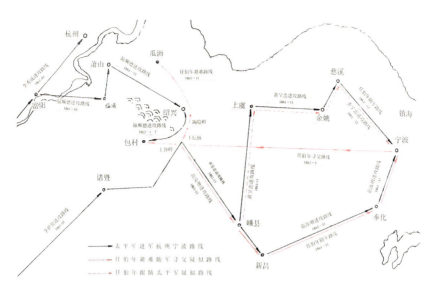

1861—1862年任伯年避难路线图

为什么说"成也太平军，败也太平军"？请看：

若太平军不攻打萧山、绍兴，那么日后，任伯年将接替父亲经营粮店，萧山凤堰桥塊粮食大街上就会有一位叫任次远的粮店老板，而在上海滩上就会少了位海派画坛巨擘任伯年！

若太平军不把任伯年抓为民夫，派他作为旗手，历尽千辛万苦去攻打宁波，他就会逃到包村来避难。那么到了1862年7月27日，太平军在血洗包村时，任伯年就会变成"十万人墓"中的一员。如果是这样，萧山也就没有了任次远的粮店老板，上海滩上也就不会有海上画坛巨擘任伯年了！可以说，太平军抓了任伯年去当了一名旗手，使其免死于"包村惨案"，冥冥之中救了他一条性命！呵呵，这真是——世事难料，福祸相依；塞翁失马，安知非福！

四任与上海滩

紫藤双燕　任颐

四任和上海均有密切关系，被称为"海上四任"，他们是上海画坛上极为重要的画家。

任熊渭长是四任中最早去上海的画家，咸丰二年曾应周闲之邀，"约游吴，一至沪渎。有大腹贾，欲以千金交欢，不乐其请，拒之而去"。曾在上海结识画家张熊子祥，和朱熊梦泉并称"沪上三熊"。参与了"海上画派"的初期建立，所以很早就名震沪渎了。年30余岁回乡，杜门不出，创作了《任渭长画传》四种，精心创构，费时5年，由乡贤集资镌版刊行，影响后世至深。终因劳力过度，罹患肺痨病，逝于萧山，终年仅35岁。

任薰阜长，中年以后定居苏州，上海近在咫尺，所以亦来往于苏沪间鬻画。

任预立凡，跟随叔父任薰、从兄任伯年习画。洎长，挟父任熊之余威，画名誉满沪渎。

任颐伯年，未师任薰时，1863年曾游上海，无获而归。1864年师从任薰后，越四年，1868年11月再去上海，直至56岁在沪病逝，在上海生活了近26年。"四任"中他寓沪的时间较长。

任伯年1862年8月从诸暨包村寻找到父尸，回葬家乡任家溇。此时，太平军虽然军事上受挫，来王陆顺德仍驻守在萧山、绍兴等地。任伯年为避免再次被抓，隐匿家中，少有外出活动。到了1863年3月12日诸暨陷落、3月15日绍兴陷落，3月20日驻守萧山的太平军也回守杭州，至此浙东地区已无太平军踪影，任伯年才敢大胆出来活动，来到萧山。为了生活，曾向好友任晋谦学习篆刻，希冀为人刻图章换取铜钿买米。后来，又闻听上海开埠后，求职机会多多，萌生了去上海为人"画像"的打算。他央求任晋谦再刻一名章，为钤画所用。任晋谦推脱不过，再刻了一方白文"任润"图章给他，并在边款上刻了一段跋，其词曰："曩余与弟一石，弟自刻之，甚佳。今将赴申，出此索笔，且谓自制一石已磨坏矣。小楼，小楼岂余所篆者，必欲余刻耶？卿何自待之薄，而待

黄士陵为许镛所刻印章

余之厚耶？然弟之学进矣。癸亥（1862年）六月为小楼弟作，牧父兄晋谦。"

这一枚图章告诉我们的信息是：任伯年将要去上海，还需要一枚图章随身携带而去。如果去上海的目的是出卖劳力什么的，那要图章干什么？很显然，这枚图章是要用来钤在画上用的，也就是说，他要去上海卖画。卖什么画呢？那就是为人画像了，因为任伯年从小跟随父亲只学过"写真术"画人像。现下是：大难过后，父死家破，没有了生活来源，只有此技在身，希冀去上海一显身手，以画换米。

但是，任伯年这次赴上海的蛛丝马迹只字全无（或者没被发现），所以不被研究专家认可，而不载于史书。

笔者在翻阅任伯年画集资料时，偶然发现一幅绢本圆镜片画《江干送别图》。画面尺幅不大，内容却很丰富：左前景画有树石，掩映其后的是江岸码头、帆樯数杆，寓意有人将要乘船而去。右幅下边画有人物三五位：一担夫挑着行李先行，另有洋车夫载人随后，再后是画两人相对作揖呈告别之状，一幅江干告别图跃然纸上。

任伯年落款曰："子振仁兄自兵燹时邂逅于申浦，迄今十有四年。素志颇洽，相契益深。今挈眷之楚南，彼此有祖道依依之感，爰作《江干送别图》以志判袂。岁在光绪戊寅（1878）十月中浣，伯年弟任颐。"

画中显示了任伯年在1878年10月，送别好友子振回家乡楚南（常州阳湖）之情状。原来，14年前，他们邂逅于上海，由于志趣一致，相契颇深。推算下来，当是1863、1864年之际。太平天国兵燹之时，两人"沪漂"，偶然相遇，结伴走街串巷招揽生意，遂结为莫逆之交。

1863年6月，任伯年向好友任晋谦索印，任晋谦刻竣边款中所说"（任伯年）今将赴申"句，当是实话。1863年下半年，任伯年携带"任润"图章以及笔墨纸砚到了上海，一看便知，任伯年想为人画像而谋生。在上海寻觅生意时，无意间邂逅结识了常州人（许）子振。从志趣相投来看，子振亦是为卖画而来到上海的"沪漂族"。到了1868年11月，任

任晋谦为任润（伯年）刻的印章

伯年第二次来到上海后，他们又取得联系并交往到了 1878 年 10 月，子振携眷回家乡，伯年送他至船运码头，依依惜别，并作《江干送别图》以志留念。

任伯年第一次去上海，非常失意。从他 1864 年春拜师任薰学艺，秋冬即去了明州来看，推算下来，他待在上海时间不及半年就回到了萧山。推测其个中原因是，上海开埠后，大量的先进西洋技术涌入中国，其中至迟不晚于 1859 年，法人李阁郎在上海就开设了第一家照相馆。后来广东人罗元祐跟其学习后，又在三马路口开设了照相馆"公泰"号。到了 19 世纪 60 年代后，照相馆在上海市遍地开花，如"公泰""苏三兴""森泰""宜昌"等字号照相馆遍布上海各处。如果想要留个影，去照相馆很快就可以拿到照片，"影价不甚昂，而眉目明晰，无不酷肖"，所以传统的画像也就失去了市场。

任伯年在上海也实地考察到一些绘画业的信息。虽然"画像业"没落后，山水、花鸟、人物画还是有其市场的（书画交易均在南纸店中进行）。在上海的南纸店中，画家的润单张贴堂中，任由买家点购，可惜任伯年此时的花鸟人物绘画水平还不能应市。还有最重要的一点是，南纸店招收驻店画家一定要有保人担保才能进店（一是艺术上的担保，二是人身担保）。任伯年只身来沪，不仅画艺无人担保，人身品行更无人担保，所以没有一家南纸店肯收留他，只好作罢。第一次去上海，任伯年沮丧地铩羽而归，而和许铕（子振）建立了深厚的友谊。

时光到了光绪丁亥（1887）正月，任伯年画了幅《双松话旧图》，其款曰："子振仁兄与余阔别十年。丁亥正月沪江曾述，写此图以志雪爪。山阴任颐。"钤"任伯年""颐"白文两印。画面上画有两人对坐于双松树下，正面坐的且面留胡须者当是子振先生了（伯年无胡须）。另一人侧坐，戴瓜皮小帽，不辨面目，当是伯年本人。

是画上有吴仓石题赞，曰："还家松树老，寻话性情真。黄叶村边酒，山阴道上人。奚囊新著作，画像古轮囷。明月天涯好，商量共结邻。

子振先生索题即求是正，丁亥十一月仓石吴俊未是草。"又有陆恢题赞曰："满天黄叶西风扫，我来仗剑姑苏道。宰牛屠狗已无人，青眼逢君话怀抱。君本毗陵产，作客自生小。屈指十年余，风霜遍尝饱。经齐楚，历燕赵，向秦中，指丰镐，言访尉陀宫，行觅罗浮岛。男儿读书志四方，到处名山恣探讨，直欲奚囊储满丹青稿。行不得子规鸟，游人耳畔声声扰，归舆归舆何不早。圃有松兮田有稻。无奈妖风恶，乘桴半枯槁。相识渐凋残，明星当破晓。山阴有故人，当日旧管鲍。秃笔滞申江，携琴叩门造。蓦地见君来，相迎忘履倒。为君治杯羹，为君剥梨枣。惜君老矣自怜老，两人经历皆鸿爪。世间何物驻颜丹，只有传真笔花巧。为君写此图，君归视如宝。幽窗风雨展图相，依然同坐松根草。树犹如此人更好，空山龙吼烟云绕。听松许我得过陪，他年添画我躬貌。子振尊丈先生属题即请正之，丁亥冬日吴江陆恢初稿。"还有吴大澂题赞："相对松间鹤，翛然仙骨清。壮游经万里，妙契证三生。凤好耽风雅，论交见性情。与君添画稿，共结岁寒盟。

双松话旧　任颐

壬辰夏五月将赴都门奉题子振先生《双松话旧》图兼志别怀乞正之。愙斋吴大澂。"

　　综观任伯年两幅画，时间间隔 10 年，是先后送给子振先生的。一曰送行，一曰接风，足见两人情谊之深，非是泛泛之交，只有同是他乡

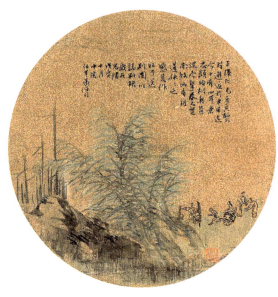

江干送别图　任颐

患难之人，情感才能如此深厚！想当年任伯年经历兵燹后，父死家破，已成为"孤家寡人"，无奈之下，只身闯沪，举目无亲。忽然在上海街头邂逅了子振，两位青年人朝夕相处，一饭推让、一被相拥。任伯年自出娘胎后，虽无锦衣玉食，也是衣暖饭饱。忽罹兵祸，备尝艰辛。于上海街头幸得子振呵护（子振年长于伯年），不啻兄长。可以说，子振是任伯年自出娘胎人生中第一位（患难之交的）好友。

检书《中国美术家人名辞典》（俞剑华著）第 946 页："许铺，（清）字子振。工山水。"

吴大澂有《画中七友歌》，诗中有云："子振橐笔游南荒，古松劲节饱风霜。琴书一棹归乡邦，倪黄余事兼岐黄。"在其赠江都张联桂（时任广西巡抚）《延秋吟馆图》中，吴大澂题款道："光绪辛卯（1891）嘉平月，同人集龙节虎符馆，余与许君子振、陆君廉夫、金君心兰、倪君墨耕合作是图，奉赠翰卿五兄大人（一作'寄呈丹叔仁兄年大人'）鉴正。介绍者吾友子振，与君有文字契，诸画友中最长也。吴大澂识。"

原来，子振先生，许姓，名铺，字子振，江苏常州府（毗陵）阳湖县人。工山水画，尤善岐黄术。喜交游，足迹遍天南地北。许铺生年不可考，但吴大澂在书画题记中说："吾友子振……诸画友中最长也。"吴大澂生于 1835 年，推断下来，许铺生年当不晚于 1835 年，因此年长任伯年 5 岁有余。

1860 年 5 月 26 日，忠王李秀成等军攻占常州府，30 日克无锡县，6 月 2 日攻克苏州，江南一片哀鸿，居民四处逃难。大约此时，许铺避难来到了上海。1863 年 6 月后，任伯年携笔墨纸砚图章亦来到上海讨生活，机缘巧合邂逅了先来的许铺。两个同是天涯沦落人，走街串巷招揽生意，惺惺相惜，遂成莫逆之交。

1878 年 10 月，许铺在船运码头和任伯年惜别，把家小安顿家乡阳湖后，便作了只身琴书汗漫游。从《双松话旧》图的题记中得知，许铺足迹遍齐楚、燕赵、秦中、丰镐……后来又到了粤海（罗浮）、广西，以书画、医术广泛结交上至督抚下至文士的朋友，尤其奖掖后进不遗余力。篆刻家黄士陵年轻时游南海，巧遇许铺。许铺把自己收藏的《吴攘之晚年手作印册》（孤本）授观黄士陵。黄士陵大喜过望，闭门研习，

任颐送许铺的画（两幅）

心领神会，技艺大进。吴攘之篆刻艺术对黄士陵后来的印风影响颇深。黄士陵作为报答，为许铺镌了方"阳湖许铺"印，边款刻道："……振老以为如何。癸未（1883）荷花生日，牧父志于羊石（广州）。"

　　1887年正月，十年琴书汗漫游的许子振，风尘仆仆地又来到了沪渎，立刻联系到了好友任伯年，看到当年的"吴下阿蒙"已成为沪上画坛巨擘，不禁欣慰，就想卜居任伯年近左为邻。旧友相逢格外高兴，聚谈甚欢。任伯年便画了幅《双松话旧》图，以记鸿爪。许铺得了此图，引以为荣，携斯图遍请名家题赞，大家乐于附庸风雅，便有了前文的几位名家的题赞。

　　以上文字记载足以证明，1863年6、7月间，任伯年只身第一次赴沪，邂逅了常州阳湖许铺子振，结为挚友。任伯年亲笔写的与"子振仁兄自兵燹时邂逅于申浦"，即是确凿的文字证据。

从宁波到上海

任伯年是位画家，不擅长生活中的诗文笔记创作，所以他的行踪鲜为人知，无迹可寻。唯一可寻的就是他（难得的）在画上的落款题记了。

紫藤图　任薰

1868 年 3 月 18 日，在宁波，经老师任薰允可，任伯年画了幅横披画《东津话别图》，画中题款云："客游甬上已阅四年，万丈个亭及朵峰诸君子，一见均如旧识。宵篝灯，雨戴笠，琴歌酒赋，探胜寻幽，相赏无虚日。江山之助，友生之乐，斯游洵不负也。兹将随叔阜长橐笔游金闾，廉始亦计偕北上，行有日矣。朵峰抱江淹赋别之悲，触王粲登楼之思，爰写此图，以志星萍之感。同治七年二月花朝后十日，山阴任颐次远甫倚装画并记于甘溪寓次。"钤"任颐长寿"白文印。

这一题记弥足珍贵，为了解任伯年早年行踪提供了第一手资料。

时间确定：1863 年（6、7 月间）第一次去上海，约历半年，一事无成，只得于 1864 年春季，铩羽回到萧山，拜师任阜长习画。于 1864 年秋冬之际，随叔任阜长去了宁波。在宁波跟随师傅任薰学画 4 年至 1868 年春季。

内容确定：任伯年跟随叔叔任阜长橐笔游宁波的目的是鬻画（自给），并且即将又去苏州鬻画，临行之前以志星萍而倚装画了此图，以感谢宁波朋友多年的照顾和招待。

任伯年跟随师傅任阜长在宁波的行踪大致如下：

他们师徒两人先寄居姚小复家（老主人姚燮已去世）。新主人姚小复本来就和任薰相识，现在又结识了任薰的爱徒任伯年，遂与之订交。后来任伯年为其画了幅肖像，引起了姚小复的惊奇而更加倚重，遂尽出任熊曾为老主人画的《大梅山民诗意图》120 帧，任由任伯年观赏临摹。

姚小复像

在任薰的指导下，任伯年把《大梅山民诗意图》中的精品临摹殆尽，尽得任熊用笔用色的神韵，达到了"下真迹一等"的地步。人们一直认为任伯年一定是在任熊亲自教授下习画的，不若此，怎能会有如此之神韵呢？所以就有了"任熊在上海地摊义收伯年为徒"的佳话，其实是由任薰在明州教授的结果。

在大梅山馆，任伯年应姚小复之邀，为其画了《小夹江话别图》，题款曰："丙寅（1866）春客甬东，同万个亭长游镇西南乡之芦江。卸装数日，适宗叔舜琴（任薰）偕姚君小复亦来谭心数天，颇为合意。小复兄邀我过真山馆，钦（欣）情款待。出素纸索我作话别图，爱仿唐小李将军法以应，然笔墨疏弱，谅不足当，方家一笑也。弟任颐并记于大梅山馆之琴咏楼中。"据考，之前作画，落款皆写"任润"二字，而到1866年春季，已更名为"任颐"了。是为以后落款中书写"任颐"二字之始也。

1867年秋月，秀水周闲听说任熊之弟任薰在明州，从任熊去世（1857年）后，已和任薰阔别10年不见，即从秀水过甬江来会，又初次结识了任伯年，老友新朋相聚甚欢。任伯年应邀乘兴为周闲作了《范湖居士四十八岁小像》一帧。

1868年春，任薰教授任伯年习画已近4年。当时的苏州乃是全国书画之重镇，任薰应周闲之邀，拟去苏州发展。3月，师徒两人来到姑苏。

1840年，上海、宁波等地未开埠之前，苏州乃是全国最为繁华之区，文人墨客纷至沓来，书画行业最为鼎盛。上海开埠后，上海的画家依然常来苏州，两地走穴，争奇斗艳，流派纷呈。

任薰带领徒弟任伯年拜会了苏州画家姜石农、沙山春等画友，还结识了不少从上海来苏的名画家，其中最著名的，当数胡远胡公寿。大家相见恨晚，遂引为知己。

胡远，字公寿（1823—1886），号瘦鹤，又号横云山民，华亭（今松江）人，有轩曰"寄鹤轩"。能诗、善书画。书出颜鲁公，而画笔秀韵绝伦，以湿笔取胜。山水花鸟无所不能，尤擅画梅。咸丰十一年（1861）来沪，与李壬叔、胡鼻山诸名家相友善，卖书鬻画自给。因人品高迈，为上海钱业公会（银行总会）所礼聘。在上海，人脉超广，名满沪渎，地位不俗。胡公寿与任熊同岁，所以视任薰若弟，爱屋及乌，亦视其徒任伯年为弟子焉。

任伯年出类拔萃的写真术令胡公寿大吃一惊，凭直觉感到这个年轻人将来画艺不可限量，所以处处对任伯年奖掖不止。任伯年早年书法学任薰以隶取法，拙有余而秀韵不足，胡公寿建议再学颜鲁公并参照"二王"之法。伯年依法笔耕不辍，终于形成了自己的独特风貌。任伯年书法幼功欠缺，书体较单一，但综合看起来，其书风在晚清画家群中也不容小觑。

任伯年从明州迁姑苏后，姓名表字又有改动，在画上落款，废去"次远"，而更为"伯年"二字了，这是瓜沥塘头任氏内六房"鹤"字辈之下为"伯"字辈之缘故。更改时，可能征求过胡公寿先生意见，胡以为"柏年"（柏树长寿千年）较佳，并见诸于其题画款中。如胡公寿请任伯年画肖像，伯年画《行乞图》以应，胡公寿代题款曰"横云山民行乞图。同治七年子冬胡公寿自题"，其下又题"萧山任柏年写"。任伯年

点彩花鸟画 沙馥

仕女图　沙馥

又画《佩秋夫人像》，胡公寿代题曰："佩秋夫人三十八岁小像。同治七年之冬石农刺史属任柏年写，公寿补梅。"任伯年为父任鹤声画肖像，胡公寿代题款曰："淞云先生遗像。同治己巳嘉平先生令似任柏年仁兄写真，属华亭胡公寿补树石并记。"在任伯年所画《冯畊山像》中，代为题记云："畊山冯君流水声中读古诗小像。丁丑秋九月华亭胡公寿题。"

在这些胡公寿代为任伯年题记的画中，胡公寿均把"伯年"写为"柏年"。胡的想法是，柏为长寿千年之木，"柏年"意欲长寿也。任伯年在题画落款中，依旧写"伯年"二字而不采纳，是因其辈分为"伯"字之故吧。

任伯年的这些肖像画，大都为胡公寿补景完成。要知道，当时胡公寿为海上名画家，而伯年是名不见经传的小学徒，地位有霄壤之别。胡公寿甘做下手，足见他对任伯年的器重外加示范，提携奖掖后进之拳拳之心可见一斑。任伯年深感胡公寿的知遇之恩，一向对胡公寿崇敬有加，每有道及，则尊称为胡先生怎样怎样，从来不敢提及胡的表字（古人有不提及长辈表字的忌讳，以示恭敬）。

从1864年秋到1868年秋冬之际，任伯年跟随师傅任薰习画已满4年，足迹遍江浙，交结画友若干，笔墨功夫已渐成熟，尤其写真功夫已崭露头角。出师在即，任伯年为老师任薰画像，题款曰"阜长二叔大人命画即求正之。戊辰冬十月同客苏台颐"，算是作为临别之谢师礼。

任伯年意欲去上海发展，鉴于过去的经验，贸然而去，因无担保恐南纸店不肯挂单。正在踌躇之际，胡先生公寿修书一封，绍介任伯年去古香室笺扇庄楼上设笔砚挂单鬻画（画扇）。任伯年怀揣荐书，时隔5年，于1868年11月，第二次踏上了上海的土地。

东津话别图（局部）　任颐　1868 年

　　任伯年顺利地被聘用，在古香室西楼窗下，安设笔砚，开始了沪上鬻画的生涯。这全是依仗人生贵人胡公寿的威望和绍介。任伯年对胡先生恭敬有加，并选择与胡家比邻而居，便于不时请教，还把自己的画室取名为"倚鹤轩"，以示对胡先生的眷顾永世不忘（胡先生有画室名"寄鹤轩"）。

　　任伯年是位非常注重情谊之人，滴水之恩，当涌泉相报。翻阅任伯年画册，时常会看到一幅画上落款曰"光绪某某年嘉平月于古香室呵砚作"。原来，任伯年依例在每年农历十二月（嘉平月）均要到古香室中（因天寒呵砚）作画，以回报主人知遇之恩。

任薰像　任颐　　　　　　　　　任淞云像　任颐画　胡远题款

胡公寿像　任颐

胡公寿夫人像　任颐

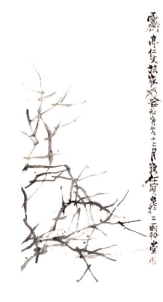

玉楼人醉杏花天　任颐　1866 年　　　仕女图　任颐　1866 年

四任家世

"四任"中任熊发妻，刘姓，不显名、字，享年30岁。

任熊，在家中排行老大。其父任椿亦善翰墨，但早亡。任熊喜绘事，来往于沪、杭、苏、甬间鬻画为生，养家糊

扇面　任熊

口。画名虽隆，收入仅可温饱，少有积蓄。岁月蹉跎，至30岁还是单身。1852年，任熊应画友之邀又来到苏州，在华阳道院组织"蓬莱阁书画会"，被众画友推举为会长。画会内有位书画家刘文启者，系山西介休文士，应周闲之邀来姑苏参与画事，因年老，由其女陪伴而来。在苏州刘文启不幸病逝，其孤女经画友黄鞠等人撮合，嫁与任熊。任熊携刘氏回萧山结婚，从此闭门不外出。在萧山集毕生之精力创作了《任渭长画传》四种《高士传》、《于越先贤传》、《列仙酒牌》、《剑侠传》，并镌版印刷刊行。任熊婚后的几年间，刘氏生育了二子一女。由于任熊专注创作，身体入不敷出，不幸于35岁时吐血病亡，而刘氏也因丧夫悲伤，在30岁时去世。任熊三名遗孤遂由其弟任薰代为抚养成人。

任薰、任预两人的妻室、子女情况，多方搜求，不见文字记载，无以飨读者。

任伯年发妻，陆姓，不显名、字（？—1920），享年70余岁。

任伯年画了众多的人物画像，却从未见其妻之画像（或者失传），所以不便评判，只知道她是位苏州小姐。

任伯年何时迎娶陆氏，史料不载。但是，任家大小姐任霞，生于1870年之际，推算下来，任伯年和陆氏结婚当不晚于1868、1869年间。而此时，任伯年正跟随任薰学徒，从明州迁往苏州。所以有把握认定，他是在苏州被女家相中，并在苏州完婚的（家乡萧山父母双亡，已无直系亲属在，只得在苏州操办婚事了）。很可惜的是，其中细节的来龙去

高邕之像　任伯年

脉、谁是红娘牵线等等，竟然毫无鸿爪之迹可寻，只能付之阙如了。

陆氏给人们的印象是勤于持家，可小姐脾气不小。任伯年经历洪杨之乱后，父死家破，穷得仅剩几支破笔烂纸而已。陆小姐愿意屈身下嫁与他，也是慧眼独具，爱其才华之原因吧。任伯年去上海鬻画站稳脚跟后，陆氏也到上海，担起了教子相夫之责。

任伯年勤于作画，一是本身勤快，积累家业，是其父任鹤声的遗传；再一个是陆夫人的督促了。何以见得？从其下事例即可见一斑。

陆夫人为使任伯年有时间多作画，一般不喜欢闲杂人员上门前来找丈夫闲谈。恰巧任伯年有一位画家朋友高邕之，与其最为相契，时常来任家找伯年白相。而高家所藏书画颇丰，多为历代名迹，任伯年应邀常常去高家观画，一去半天不归家。时间一长，陆夫人面有愠色，又不便发作，唯有常把大门加栓以拒之。根据吴昌硕所说，一次应任伯年之邀去任家，见大门紧闭，数次扣门而无人答应，于是便叫道："任先生开门。"门内闻声而知非

陆立甫像　任伯年　　　　　　　　　陆书城像　任颐

是高邕之，始来启栓。一见是吴昌硕，陆夫人不好意思地道歉说："阿拉还以为是高邕之又来哉！勿晓得是吴先生打门，对不起侬哉！快快进来，阿拉伯年在楼上头在等侬呢！"

　　任伯年有一段时间耽于捏制紫砂壶和塑像，并塑了一尊父亲任鹤声像，供于壁间，天天朝拜。又捏制各式紫砂壶甚多，列放桌几之上。由于专注制壶，作画几为之废，南纸店下的画单不能完工，自然也无铜钿进账了。一日，任伯年外出买紫砂泥未归，到做饭时，陆夫人欲从存钱罐中取钱去买菜，发现罐中已无钱了，空空如也。再寻他处，触目皆是紫砂壶，顿时明白了个中原因。她火冒三丈，一时兴起，把胸中恶气撒向紫砂壶，抢棒打去，可怜一桌紫砂壶，霎时全化为齑粉。砸到无处可砸时，瞥见一尊紫砂塑像，正要砸去，半道上停下了手来，原来是尊公公塑像。陆夫人心中明白，丈夫是位大孝子，要是对塑像大不敬，伤及了伯年的感情，这个底线千万碰不得的！塑像保留下来了，而紫砂壶全毁于一旦。一时无钱买米，饭是做不成了，于是跑回卧室，蒙头嘤嘤哭了起来。伯年回到家中，先闻哭声，连忙进屋，但见满目皆是碎壶渣子，马上明白了个中原因。事已至此，便一屁股坐到凳子上，喃喃自语道："吾之壶不假他人手，他日定可与曼生壶（陈曼生所制壶）一比高下，博利或可胜于丹青耶。今何至于此乎……"

任伯年早年惨遭太平军军旅行军打仗之蹂躏，三九严寒露宿山野，"道途霜露，风暄所淫且贼也"，乃至到了晚年，"涉秋徂冬，犹咳呛哕逆，喘汗颡泚"。备受哮喘之疾戕害，不得已吸食"阿芙蓉"方可提神作画。这种饮鸩止渴的办法，加剧了病情恶化。陆夫人无奈，只好不得已而为之，买来"阿芙蓉"供任伯年吸食。任伯年每至大烟瘾过足，精神抖擞，作画欲望陡升，翻身而起，抻纸搙墨，略一思索，下笔如写，刷刷刷立马而就，一幅烟霞淋漓、呼之欲出的花鸟画即展现在目前，令人叹为观止。待到烟劲一过，即时神疲体软，不复能再下一笔矣。

任伯年肖像画空前绝后，在晚清画坛独占鳌头，即使现在也少有出其右者。他画了不少亲属的肖像，使我们对他的社会关系有了大体的了解。

光绪乙酉（1885）正月，任伯年画了幅较传统的老年夫妇像，画上题款曰："外祖德昌赵公暨祖妣魏太孺人之像，光绪乙酉岁正月孙婿任颐绘。"

是幅画像所画两位老人，原来是妻子陆夫人的外祖父和外祖母。陆夫人是其外孙女，所以任伯年就自称为"孙婿"了。这幅画采取了一般"喜神"的构图，形式比较传统。而其使用的笔墨却很是新颖，完全没有民间艺人画法的呆板和脂粉气。

任伯年画有一拄杖老人像，画中题款曰："立甫伯岳大人八十二岁像，侄婿任颐为之写。"这幅画中主人，就是任伯年的岳父大人陆立甫。立甫翁原是桐城名宦，因其第二子官居知州，陆立甫被人们尊称为"封翁"。旧社会，女婿称岳父为"伯父"（比父大者）或"叔父"（比父小者），而不像现代人称之为"父"或"爸爸"。任伯年称陆立甫为"伯岳大人"，自己谦称"侄婿"，是非常恰当的表述。

任伯年的岳母，陆立甫之妻赵氏老夫人（外祖赵德昌、魏太孺人之女），晚年来到上海，依靠女婿女儿生活。任伯年待之至孝，不明就里者还以为是任伯年的母亲，其实任母早在太平军攻打萧山之前就去世了。任伯年把一片孝心待之岳母，岳母也视伯年为"半子"。见求画者纷至沓来，户限为穿，任伯年不厌其烦，穷于应付，不得安心作画，赵氏老夫人当机立断，在屋门里面安排了桌椅，凡来求画者，不得直接进入内房，就在门前登记造册、付款，拟定取件日期，到时绝不爽约。平时无来客之时就架起老花眼镜，挑起绣花棚来，若有人来买画，就和气地倒茶招待。求画者多乐于和老太太

送妻兄陆书城画　任伯年

打交道，任伯年得以在楼上安心挥毫作画，免去了无聊纠缠和托请之苦。赵老太太真可谓是（现代）书画经纪人之雏型。

任伯年1884年夏画有一幅《陆书城像》，其款曰："书城姻兄大人，甲申夏五月入觐南旋，路出于沪，索余写照，时年四十七岁矣。伯年弟任颐并志于沪上客次。"

陆立甫的第二子正是陆书城，陆夫人的二哥。

陆书城（1837—1894），名显勋，字树臣，号书城，桐城名宦陆立甫封翁之次子也。"早年参加湘军，抗击太平军。援例巡检随曾忠襄公

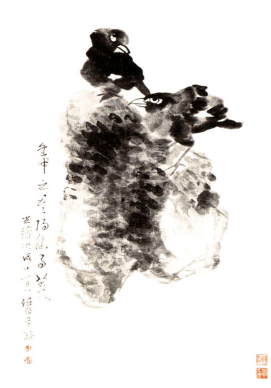

营以参谋萧军门孚泗军事，克复金陵，歼灭粤匪，（荐）保知州，分职安徽。同治九年（1870）授寿州知州……（1887）授宿州知州，壬辰（1892）由宿州调署寿州……甲午（1894）……立秋后酷热逾寻常，适太守以会勘秋成来灵璧境。公以地方公事须面陈，带疾往。幕宾家属阻之不可。至固镇，谒谈。益中暑与风急，归病增剧，遂终。时年五十有七。"

陆书城在1884年丁父忧去官，入都觐见（朝廷）。"归来海上驶风轮，指拂良工召写真"，回程坐轮船抵达上海。"自云谒帝辞京国，归来小住申江侧。"此时，其母跟随妹妹、妹夫生活，一来问候母亲，二来会会朋友，顺便再请妹夫为己画像。是图画陆书城坐像，陆书城方头大耳，留八字须。

仿八大山人图　任伯年

"炯炯双眸岩下电，方颐大颡魁然渠"，正时值其壮年（47岁）。看上去，面色红润，气宇轩昂，一副为官的模样跃然纸上。在这一幅立轴上竟有15款题赞，可见陆书城为官的人脉之广。题赞者多为一时才俊、陆书城同班的各地宰傅，其中就有篆刻家、书法家、画家、时任江西南城知县的赵之谦题赞。

赞曰："法华山头十峰耸,峰峰欲戳天成孔……忆昔髫年骑竹马,相与游钓兰亭下。横经同列郑玄门,君为童子我冠者(余长君九岁)。一别于今四十年,几几不复识陆贾。人生聚散真如萍,萧萧班(马)又长鸣。离愁共照江头月,君向江洲我南城。何时相定买山约,老傍候山过一生。夕阳无语江声急,不尽相思故国情。书城二兄同学属题即乞正之。挶叔弟赵之谦。"

任淞云塑像　任颐

陆书城在上海,遍请亲朋故友设宴叙旧,其中就有"老同学"赵之谦。从赵的题赞中得知,赵、陆两人早年在绍兴,于同一师门中学习。不过赵年长陆9岁,一同游乐于兰亭之下。一别40年,不复认得当年的"陆贾"了。(誉陆书城已为长官)人生聚散难料,马上又要分别,明天你去江洲,我要回去南城(赵时任南城县知县)。且闻涛涛江声,都是不尽的故国情思。

由此可以推断,陆立甫桐城人,(可能)曾在绍兴为官,所以他的二儿子进学时,曾和赵之谦(本绍兴籍人氏)在同一师门中学习。太平军兴,陆书城在湘军萧孚泗部做参军,曾随湘军攻克天京,论军功援例授寿州知州。赵之谦却走的是考功名之路,却屡屡不售,只好捐官成为小小的(江西)南城县知县。所以见到从前的小同学陆书城因军功而为寿州知州,自己却只能以钱捐得小官,所以无限感慨出于言表耶。

历来中国的书画市场和官僚的参与运作是分不开的。只有官僚的参与,书画家的大红大紫才有可能得以实现。任伯年在沪上画坛鹊起,其身后有官员的推崇是不争的事实。任伯年的妻舅陆书城,官居知州,对于妹夫的画艺褒奖自然是不遗余力,在同班的官员中大力提倡,声誉先自官场中传播开来,身价陡增,带动了商业上的运作。不几年的工夫,任伯年的名气远播海内外,成为一颗耀眼的明星。

任伯年为各级官员作画俯拾皆是,如:

《寒林高士图》,款曰:"正卿总成大人之属。光绪丁亥正月二十日山阴任颐。"

任伯年壶

《雉鸡玉兰图》，款曰："朗斋节帅大人雅鉴。伯年任颐写于黄歇浦上客次。"

《佩秋夫人像》，款曰："同治七年之冬石农刺史属。任柏年写公寿补梅。"

《松鹤寿柏图》，款曰："同治癸酉春仲敏斋方伯大人为太夫人八秩称觞，吴朴堂学博属绘此图奉祝上寿并以志莱衣之庆。萧山伯年任颐敬画并记。"

总成、节帅、方伯、学博、刺史皆是官员的称谓。还有其他画作中所记某某大人仁兄雅正者，就有不少是致仕的官员，统称某某大人以代之矣。

在历来"任伯年研究"文章中，发现著作者大都是把任伯年当作贫苦孤儿，凭着勤奋加机遇，而跻身于名画家之列的典型事例来介绍的。其实大不然，任伯年22岁之前就是粮店的小开（小老板），米店老板任鹤声也没有要求儿子苦读经书，将来去博取功名（而吴昌硕家贫，父亲吴辛甲督促昌硕学习用功甚紧）。任伯年只是到了22岁时，惨遭"洪杨之乱"，太平军陆顺德攻占萧山、绍兴，导致了父死家破，没有了生活来源，才一贫如洗的。但到了30岁，娶了"官二代"陆氏为妻，迁居上海后，靠着自己勤奋作画、官僚的吹捧、书画掮客的运作，使其作品成为"抢手货"，生活逐渐富裕起来了。到了晚年，家资累计10余万元，当时也算是一笔可观的巨资了。若是把这笔钱投入房地产或者股票中投资，或可得到丰厚的回报。可是，任伯年和陆夫人却热衷于乡下置地买田，认为拥有田亩才是正道。在托友置买田产过程中被骗，一夜间成为赤贫，以致任伯年在"贫、病、气"交加之下，年方56岁而亡，身后萧条，竟无钱以葬。幸得好友高邕之、虚谷、蒲华赶来帮助，方能把丧事办完。事后幸亏大女儿任霞身怀"任氏家法"，鬻画自给，方得保住了一家的温饱。

任霞因突遭婚变，致使精神崩溃，几欲自裁。陆夫人情急之下，托媒人说合，把任霞嫁与吴少卿为继室。

吴少卿，湖州人，来往于上海湖州间经营丝绸生意，家资丰厚。吴少卿做了任家女婿，把两位年纪尚幼（任堇15 岁、任瑜约 13 岁）的妻弟接往湖州，延师教育，并供给岳母陆夫人生活费用，陆夫人得以安度晚年，至此任家才无后顾之忧。

陆夫人还育有次女，小于任霞几岁。

陆夫人除了二哥陆书城外，还有一姊妹嫁与（扬州籍）沈子丹为妻。陆夫人又把次女嫁与妹婿沈子丹家为媳。陆夫人有一外孙名叫沈其昌，即是其证。而任霞一生未育，任霞膝下有位继孙吴仲熊。

1920 年，陆夫人和任霞相继去世。任霞享年 50 岁，灵柩安葬湖州吴家坟茔；陆夫人享年 70 余岁，灵柩暂厝南市绍兴会馆永锡堂中，后来由其二孙子任昌荣把祖母灵柩迁葬苏州，回到了父母（陆立甫、赵氏孺人）茔地边。

赵德昌夫妇像　任伯年

任伯年姻亲关系表
（陆夫人一家概况）

翁

（岳外祖父）赵德昌太公
配妻：魏太孺人
生子：？　生女：赵氏
↓

婿
（岳父）桐城名宦：陆立甫公（？—1884）
配妻：赵氏老夫人
生子：陆书城等　生女：陆氏（适任伯年）
陆氏（适沈子丹）
↓

婿

任颐伯年（1840.10.4—1895.12.19）
配妻：陆氏（？—1920）
生子：（长）任堇（次）任瑜　生女：（长）任霞、（次）任□□
↓

婿

（长婿）湖州人：吴少卿
继配妻：（长女）任霞雨华（1870—1920）
继外重孙：吴仲熊（1899—1957）

（次婿）扬州人：沈□□
配妻：（次女）任□□
外孙：沈其昌

四任的后裔

任熊 31 岁时，在苏州娶妻 20 岁的介休刘氏，携归萧山。1854 年 1 月 17 日，儿子任立凡（谱名"立诚"）出生。1856 年，女昭容生。1857 年春，次子立埔生。是年十月初七日（萧山任氏家乘作"初八日"，1857 年 11 月 23 日）任熊弃世，孤儿寡母由其弟任薰抚养。任预字立凡，泊长，跟随叔父任薰、同宗兄长任颐以及赵之谦等学习绘画、篆刻。因少小失怙，无人管束，养成疏懒习性，"非极贫至窘不画"。而所画则尽弃以往任氏笔法，参以改琦、费丹旭笔意，一任

任伯年一门用印集

挥洒，画品纯以"天分秀出尘表"，秀媚天然，别具一格。

任昭容（民国《萧山县志稿》有载），擅没骨花卉，颇得恽南田神韵，所写行楷娟秀，兼娴诗词，而不为世人所知。任立埔无传。

任椿后裔

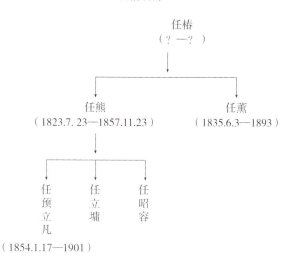

任椿
（？—？）

任熊
（1823.7. 23—1857.11.23）

任薰
（1835.6.3—1893）

任预立凡

任立埔

任昭容

（1854.1.17—1901）

任薰子女不见经传。有一子，先于任薰去世，白发人送黑发人，任薰悲痛欲绝。逝世前几年，双目就失明了，不复能画。1893 年弃世，享年 59 岁。

任颐有二女二子。

1885 年春月，46 岁的任伯年画了一幅《西郊纪游》图，其款曰："近日西郊外，香车宝马正驰骤。余也率二子，柴车劣马学个少年游，作画报之。伯年。"原来，这年长子任堇 5 岁，次子任瑜两三岁。时值春暖花开，郊外游人如织。任伯年也雇辆马车，载着父子三人，穿插游人中间做个"少年游"，好不惬意，回来画了是图以记其胜。是年，任伯年还有女儿两人，长女任霞已是 15 岁的大小姐了，次女年龄大约在 12、13 岁。

长女任霞，字雨华（1870—1920）。由其父耳提面命，学得一手"任家画法"，其画作几可与父乱真，但脱不了其父窠臼。任霞嫁与湖州吴少卿为继室，吴少卿是湖州丝绸巨商，为生意来往于上海、湖州间，上海亦有豪宅。成为阔太太的任霞，时住上海，家居无聊，画画成为日常消遣，故其画作流传民间者甚少。任霞无所出，家居寂寞，幸有继孙吴仲熊生于 1899 年，深得任霞钟爱。泊长倾心授之以丹青之术，吴仲熊其画尽得"任霞衣钵"。待 1920 年任霞卒，霞之所藏，多为吴仲熊继承收藏，其中就有任伯年遗留的大量画作、画稿（还有一部分流入厂肆为颜元购得）。而任伯年两个儿子家中，字画则全无，仅有一尊先祖任鹤声的紫砂塑像而已。上世纪 20 年代，吴仲熊在上海结交了徐悲鸿为画友，见其钟情于庋藏任伯年画，便把所藏的任伯年画作，检拾出 10 余幅馈赠徐

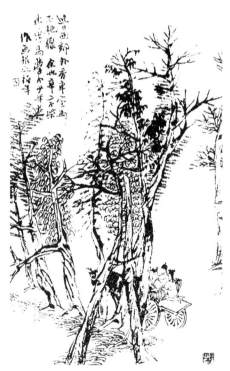

西郊纪游　任伯年

悲鸿，其中不乏五尺整纸者。所幸，这些画现藏于徐悲鸿纪念馆中，还能为人们展示观赏。而不幸的是，1950 年初，吴仲熊因要去美国，有两大箱字画未及带走，寄放上海某地下室内，其中就有任伯年画作甚多，20 世纪 60、70 年代后失其所在。吴仲熊曾数度打算回国，均未能成行，最终客死异乡。1957 年吴仲熊尚有画作问世。

任伯年 1884 年为沈子丹画《雁来红图》，题款曰："子丹襟兄大人以粲，甲申冬月，伯年弟颐。"1891 年，又为其画像，题款曰："沈子丹先生五十岁小像，任伯年为之写，光绪辛卯年嘉平记于海上颐颐草堂。"从题款中可知，沈子丹是任伯年的连襟（襟兄），小于任伯年 1 岁，两人妻室为陆姓亲姊妹。据海昌吕万考证，沈、任不仅是连襟，还是儿女亲家。这种连姻关系在旧社会是屡见不鲜的，亲上加亲，不亦悦乎。但是吕万说，沈子丹女儿嫁于任伯年儿子任堇为妻，当为不确！1895 年，任伯年去世时任堇也不过 15 岁，任伯年（生前）怎么会为小孩子操办婚姻呢（据任堇子女证实，任堇娶妻范季珍，比任堇小 14 岁）。而在 1891 年（任伯年为沈子丹画像时），任伯年长女任霞已 22 岁，次女也在 18、19 岁了。所以，当是沈子丹儿子娶任伯年次女为妻为确。（其时，经任伯年门人何研北作伐，已给任霞订了婚，其未婚夫尚在外国留学。任伯年于是就将次女嫁与沈子丹为媳，也合乎世间常理。）

次女名字不见记载，嫁与（扬州籍）沈子丹家为媳，生子沈其昌。

长子任堇，字堇叔（1881—1936）。原名光觌，字越隽，别号嫩凉，晚号能婴翁。堇叔 10 余岁

书法　任堇

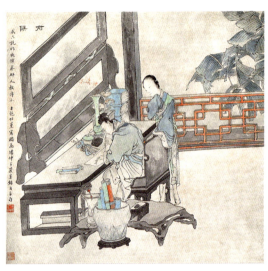

《西厢记》插图　任堇

时，适值其父哮喘之疾加剧，堇叔亲尝汤药冷暖以进父饮，衣不解带守于父旁。迨父卒，堇叔哀嚎几至灭性，时年仅 15 岁。长姐雨华嫁与湖州吴少卿为继室后，生活始安定。堇叔与幼弟天池，由长姐带往湖州进学，得以学业有成。年十八，从名儒周子贤游，次年以第三名入泮，而秋闱落选，遂绝科场。曾入长白耀廉访幕，折狱无数。1911 年鼎革后，远游南海。主讲书院讲席，以培养人才为志，数年后始回（上海）。与国民党元老于右任、李怀霜等为挚友。任堇叔以诗文、书法名重当时，偶作丹青，亦具文人气质，归属文人书画家。虽画不逮其父外，但其诗文学养、书法诸项不让乃父也。日以寝馈坟典，旁及刑政兵农之学，无所不窥。书学钟、索，融合三爨六朝，有时参入章草，艺术成就可与沈寐叟相埒。丙寅年（1926），旧雨于右任、李怀霜秉政，招任堇叔入都谋事，卒以不胜繁剧、体弱难支，回籍于沪，日常靠卖文鬻字为活，虽家无升米之储，但堇叔处之晏然。据其子任昌垓讲，因家贫，不得不经常搬家。而家中老祖宗任鹤声紫砂塑像，被妥善保管先行，可见任家孝心长存。任堇叔著有《长阿那室诗文存》《嫩凉词》若干卷，书法有《任堇叔遗稿》传世，为书法家沙孟海所服膺。1921 年任堇叔参与《停云社社刊》的编纂出版，1924 年任堇叔出版了《绘事备考》8 卷，1930 年担任昌明艺术专科学校理论教授、诗词题跋教授等。其艺术成就，有待重新评价。

　　任堇叔与其父任伯年一样，50 岁过后健康日差。于是乎求助于阿芙蓉提神，后贫益甚，乃绝之。1936 年 7 月 26 日，任堇叔因罹患肺炎骤然而逝，于 10 月 8 日在牯岭路净土庵举办追悼会。有报刊评价任堇叔"文章书法，卓绝千古。旁及绘事，浑穆古朴"。

任堇叔娶妻范季珍（1895—1948），育有一子二女。

长子任昌垓（1917- ），考入天津南开大学，1936年父死家贫，学费来源断绝。其时，吴仲熊为上海安利洋行高级职员，颇任以财，遂慷慨解囊，资助任昌垓肄业。抗战后转入武汉大学法学院经济系学习，1942年毕业。先后在中国航空公司、民航空运公司任职。中华人民共和国成立后，在中国粮食公司外贸部门工作。"三反""五反"时，

任颐孙任昌垓

经过半年的清查后，从北京调往兰州畜产公司工作。半年后，因西北的生活不适应，请假回到上海，进入上海光明中学任职英语教师，直至退休。2000年11月，应邀作为家属，携子任克陆，参加了"纪念任伯年诞辰160周年暨〈四任画派〉学术研讨会"，其会在萧山召开。这是他们父子两人第一次踏上祖居地，感慨万千。

任昌垓长子任嘉元，居上海。

次子任克陆，1946年生。从事机械制造、金属雕刻，后涉足摄影艺术，嗜好收藏名人书画印章，为"海上书画名家后裔联谊会"资料室主任。任克陆积极参加有关纪念任伯年活动，2000年11月，随父任昌垓参加了在萧山举办的纪念任伯年诞辰160周年活动。2018年3月13日，又赴萧山区瓜沥镇任伯年小学捐赠有关任伯年的书籍若干册。

任昌垓之女任隽，现居美国。

任堇叔夫人范季珍，嗜食鸦片烟。任堇叔去世后，家庭生活拮据。抗战后，两个女儿在舞厅当伴舞女，养家度日。

长女任昌璧，又名任野平（1921—

任颐玄孙任克陆在任伯年小学捐赠图书（2018年3月18日，缪志刚供稿）

1938），面貌姣好，体态优美，而性情刚烈。在百乐门舞厅做伴舞，颇受男士的爱戴，争相与之跳舞。有一汪伪76号特务垂涎良久，进而胁迫昌璧嫁与他，若不从即予加害。昌璧初婉拒，后不得脱身，无奈下谎称："阿拉回到屋里厢安顿好姆妈，就来嫁侬。"昌璧方得脱身回到旅社，含恨服毒自杀，可怜芳龄18岁。事后引起社会公众关注，当时报纸新闻连载报道，一时成为社会热点。（据查：汪伪政权1939年5月成立，并于沪西极司菲尔路北76号建立特务机关，世称"76号特务"。而任昌璧服毒死于1938年，是时"76号特务"机关尚未建立，任昌璧被谁逼迫致死存疑待考。）

任堇叔次女任昌珥，现居香港。昌珥至孝。其父1936年病逝后，停灵柩南市绍兴会馆永锡堂中，后由昌珥买墓闸北汶水路普安公墓安葬。

钟馗　任霞　　　　　　　　　　　钟馗斥鬼图　任霞

1948年，其母范季珍逝世，后事亦由昌珥操办。时吴仲熊尚未出国，也参加了葬礼。

任伯年次子任瑜，字天池，一字天树，配妻唐佩云。1902年，任瑜以天树名活跃于上海话剧界。1905年冬，曾和上海大南门外中华路民立中学学生汪优游等10余人成立了中国第一个业余话剧团体——"文友会"，演出文明戏。1908年，又和汪优游等人创立"一社"，第二年与其他剧社合并为"上海演剧联合会"。又组织了"益友会"，联合"开明会"在张园演出，得款300元，皆用于赈灾活动。任天树还主办过《戏》杂志；1907年又和他人合伙创办《小说林》文学月刊。不知道什么原因（可能是高度近视，脱去眼镜后不便在舞台上活动），因不演出，任天树渐渐淡出人们的视野而不闻。据上海画家、书画理论家邵洛羊先生回忆："次子任天池，戴深度近视眼镜，记得1960年还在世。"估计任天池年逾80余岁（任堇叔生于1881年，任瑜当小其兄两三岁）。

任瑜与唐佩云育有三子。

任瑜长子任昌荣，曾在蒋梦麟主政的中国农业复兴委员会任会计。他也是位至孝的人，经手把暂厝上海南市绍兴会馆永锡堂中的祖母陆太孺人的灵柩迁往苏州安葬（是否和任伯年合葬，待考）。

任昌荣1951年和周光元结婚，育有一女一子。女任立明，经济学博士，在美国工作，未婚。子任立卫，兽医与企业管理双硕士，亦在美国工作。娶妻曾仁俞，生育一女一子。任昌荣和周光元1986年移居美国。

任瑜次子任昌昇，已逝。三子任昌龄，早夭。

任预（立凡）、任昭容、任立墉的子女婚姻情况等诸事不见有文字记载，阙如。

荷花　吴仲熊

上篇 二、大和——早期学生演剧 <mark>朱双云和《新剧史》</mark>

表现操练新兵的军事改良戏、主张破除迷信的僧道改良戏、号召禁烟禁赌的社会改良戏、诫劝盲婚的家庭改良戏和讽刺私塾的教育改良戏。演出集得钱款200多元，观众又当场解囊捐出150多元，这些善款都捐给了灾区。这次演出被认为是上海学生演剧的高潮。1907年春，开明会演剧会与任天树、金应谷组织的益友会联合演出于上海张园，收入300元，也用于赈灾。图1-3-21为1907年拍摄的开明演剧会朱双云、王惠芬等发起人的合影。

4．朱双云和《新剧史》

较早对清末民初上海学生演剧情况进行记录的是朱双云，这位曾就读于南洋公学的学生，早年就积极参与学生演剧活动，曾参加文学团体"南社"。1906年后相继创办和主持了开明演剧会、笑舞台以及导社等戏剧团体。1914年，朱双云以中国传统史书和笔记文学的笔法，编著了《新剧史》一书，翔实地记录了上海早期话剧从19世纪末开创到1914年新剧中兴期间的活动历程。《新剧史》是中国最早的话剧史著，由于作者以见证人、当事者的身份记叙当时的史实轶闻，此书的权威性不言而喻。《新剧史》中有多处记载早期学生演剧的文字。

图1-3-22

图1-3-22为朱双云肖像

据《中国近现代话剧志》第39页第5行载："1907年春，开明会演剧会与任天树（任天池）……联合演出于上海张园，收入300元，也用于赈灾。"

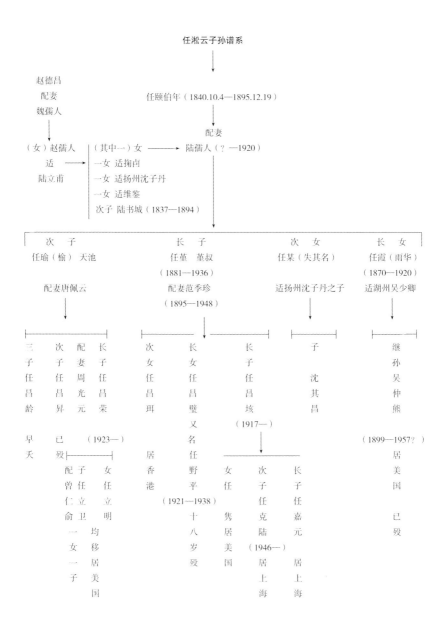

任淞云子孙谱系

赵德昌
配妻
魏孺人

任颐伯年（1840.10.4—1895.12.19）

配妻

（女）赵孺人　　（其中一）女 ——→ 陆孺人（？—1920）
　　适 　　　　——→ 一女 适挶卣
陆立甫　　　　　　　 一女 适扬州沈子丹
　　　　　　　　　　 一女 适维鉴
　　　　　　　　　　 次子 陆书城（1837—1894）

次　子	长　子	次　女	长　女
任瑜（榆）天池	任堇 堇叔	任某（失其名）	任霞（雨华）
	（1881—1936）		（1870—1920）
配妻唐佩云	配妻范季珍	适扬州沈子丹之子	适湖州吴少卿
	（1895—1948）		

三　次　配　长　　次　长　长　　　　子　　　　继
子　子　妻　子　　女　女　子　　　　　　　　　孙
任　任　周　任　　任　任　任　　　沈　　　吴
昌　昌　光　昌　　昌　昌　昌　　　其　　　仲
龄　昇　元　荣　　珥　璧　垶　　　昌　　　熊
　　　　　　　　　　　　又　　（1917—）　　（1899—1957?）
早　已　　（1923—）　名　　　　↓　　　　　居
夭　殁　　　　　　居　野　女　次　长　　　美
　　配　子　女　香　平　任　子　子　　　国
　　曾　任　任　港　　　立　任　任　　　已
　　仁　立　立　（1921—1938）　克　嘉　　殁
　　俞　卫　明　十　隽　陆　元
　　一　均　八　居　（1946—）
　　女　移　岁　美　居　居
　　一　居　殁　国　上　上
　　子　美　　　　　海　海
　　　　国

3B 铅笔

穿渡溪桥图　任颐

四任生活的年代正是旧中国大变革的时代，中国被屈辱地绑架在现代化的时代潮流中随波逐流前进。鸦片战争过后，中国割地赔款；上海开埠后，大量的西方文明涌入闭塞的中国，冲刷着人们的思维，孰是孰非真是一言难尽。反映在文学艺术上的证据就是西洋画等艺术品的大量输入中国。

其中西洋油画是跟随着西方传教士来到东土的。传教士来到中国传教，首要任务就是建立教堂以便聚众传教，每座教堂中均要悬挂大幅宗教题材的天主、圣母画像，这是它的标配。逼真的画像揭开了神秘的天主教的面纱，巨幅的画像震慑人心，使观者自感卑微，甘心皈依。中国人也因此知道了世界上有一种画叫作"油画"。一开始，油画是舶来品，在西方画好再运往中国，长途跋涉来之不易。为了节约费用，传教士们就把"画室"搬到中国。地点的选择早先是广东，《南京条约》签订后，"前线阵地"就迁移到了上海滩。

清道光年间，为解决内涝渍害，上海市区开挖疏浚了徐家汇南面肇嘉浜沿岸一带，挖出的土方堆放河湾处，"积土成阜"，此地遂被称为"土山湾"。到了 1864 年间，西方传教士把原青浦蔡家湾孤儿院（一说青浦横塘育婴堂）迁到此地，削平土山，建筑院房。虽然土山没有了，人们仍按习惯称此地为"TOU-SE-WE"（土山湾）。土山湾孤儿院收容 6 岁至 10 岁的教外社会孤儿，也有家庭贫困者自愿把孩子送养于此的（称为堂园）。从 1864 年至 1934 年的 70 年间，共收养孤儿及送养儿童计 2500 余名。

孤儿院教育儿童学习知识礼仪，使其基本上具有初中文化程度。为了使他们掌握一种技能，为将来走上社会得以谋生，院内设立了土山湾工艺厂，下设有诸如印刷、铁工、机械等多个场所，由中外教士传授技艺以供儿童实习。土山湾工艺厂，又称作"土山湾画馆"，首任主管是西班牙传教士范廷佐（1817—1856）的衣钵传人（中国本土）陆伯都，他和意大利画家马义谷（1815—1876）、法国修士潘相公，悉心培育中国孤儿，开创了中国近代美术教育的先河。陆伯都（1836—1880，字省三，沙川人）是名中国辅理修士，是范廷佐的得意学生。范廷佐去世后，陆伯都把其油画工作室迁往土山湾，并出任主管。1880年，陆伯都去世，天主教中国修士刘德斋接任孤儿院土山湾画馆主管工作。

刘德斋（1843—1912），名必振，常熟罟（古）里村人，其父刘屺思，是天主教教士。刘家自明朝末年即信奉天主教，家中"敦厚堂"里设有教会"圣母堂"，刘屺思即在圣母堂中布道教民。1847年，法国传教士梅德尔欲将青浦横塘的教堂迁往徐家汇，在购置土地准备建筑教堂时因经费不足，来到常熟募捐，刘屺思慷慨解囊资助了梅德尔，使其方得建成徐家汇天主大教堂。

时间到了1860年，太平军频繁用兵江浙一带，定南主将黄文金统兵进攻苏南一线。6月，太平军黄部攻占了江阴后继续东进，8月打下杨库（张家港），9月16日，黄文金统兵占领了常熟县（及昭文县）。大兵将到之际，常熟民众万分惊恐，携家带口纷纷外逃避难。光是逃往上海的天主教教民就达2万余人，其中就有刘屺思带着17岁的儿子刘德斋逃到上海。

刘屺思父子逃到上海徐家汇天主大教堂，主教一见是常熟"圣母堂"刘教主，念及其捐助建堂之谊，老朋友相见格外高兴，愉快地接纳了他们父子两人。安顿下来后，17岁的刘德斋便进入了教会圣依纳爵公学学习。平时喜爱画中国画，毕业后有机会被陆伯都、马义谷收为徒弟，改习油画。数年下来画艺优秀，跟随老师转入了土山湾孤儿院美术工场（土山湾画馆），专司绘制教会油画一

刘必振德斋，号竹梧书屋侍者

刘德斋（中坐拄杖者）

职。当时陆伯都为土山湾画馆主管，但因体弱多病，于1880年过世。年仅37岁的刘德斋被教会指定，接替老师成为画馆主管，任期一直延续到鼎革后的1912年，70岁时去世。在30余年的任期中，为中国（上海）油画界培养出一大批西洋画画家，直接或间接培养出了徐咏清、周湘、张聿光、丁悚、杭稚英、徐悲鸿、刘海粟、陈抱一、张充仁、徐宝庆、张光宇等一大批油画家、美术教育家。在某种意义上说，刘德斋是中国现代油画界的"拓荒牛"和"领头羊"。徐悲鸿曾撰文说："土山湾亦有习画之所，盖中国西洋画之摇篮也。"（《新艺术运动的回顾与前瞻》）

有文介绍说，把"四任"中的任伯年也计算在刘德斋的学生之列，这是有其原因的。中国是注重"一字之师"的礼仪之邦，更何况刘德斋曾教授任伯年使用3B铅笔画过素描（速写）呢！

任伯年结识刘德斋，当在1880年之季。是年，刘德斋接替老师主管了土山湾画馆。是时论画艺，刘德斋当是上海西画界（油画）的领军人物，闻名遐迩，任伯年一定会久闻其名，渴思一见。此时，任伯年在上海画坛也打拼了近10年工夫，已是画名鹊起，誉满沪渎，这当然也为刘德斋所知晓。他身为画馆主管（堪比现今的国家画院），收入稳定，不愁吃穿，本可无视他人。但是刘德斋身为教师，乐于教授他人，见到上海中国画画坛领军人物任伯年来访，便欣然接受，有问必答了。于是，上海滩上中西画派的精英人物，各抒己见、相互交流艺术的盛举就在土山湾画馆油画室进行了。交谈之中，刘德斋详细介绍了西洋画的细节，令任伯年受益匪浅，闻所未闻，大开眼界。使任伯年最感兴趣的是西洋画的明暗调子的处理，于是刘德斋把西洋画学习过程讲解给任伯年听，其中首先要学习画素描一节特别引起任伯年的注意，并恳请予以示范。刘德斋取出一根小木棍，示于任伯年说，此即铅笔也。伯年接过一看，发现其中夹有黑芯，不明所以。刘说，此即炭黑，软硬分为12级。H为硬6级、B为软6级。3B为最常用之型号，你看画之有痕，故可以画素描了。如此等等，任伯年大感兴趣。

土山湾画馆旧址

任伯年是一个艺术探索者，他曾制作过紫砂壶、捏塑人像即可以证明此点。见了铅笔这东西，当然也不肯放手。在刘德斋的教授下，进行了画素描的尝试（可惜没有实物传世，不能一睹为快）。据传，任伯年非常喜爱庋藏明信片、贺年卡一类的印刷品，已达千余张（幅）。这些舶来品，大约只有有海外关系之人可以得到，推测大约来自刘德斋的馈赠为多。刘德斋原来亦习过中国画（曾画白描《中华圣母子像》油画），有文说，刘德斋为一睹中国画之妙，亲自带领学生回访任伯年，观看任伯年作画，探讨画艺。一时誉为画坛之盛事。

为了满足任伯年日常喜欢收集资料的习惯，刘德斋赠予任伯年3B铅笔甚多，以供其使用（是时均需进口，国内尚无生产，弥足珍贵）。所以有文记载，任伯年出行时，手中必备一手札，以记录眼前所见之物，用于画在手札上的工具必是3B铅笔无疑了（毛笔因需用墨汁不便携带）。这在百多年前，是十分罕见的新鲜事！任伯年勇为人先，可见一斑了。

画馆画室

画馆幼童在习画

范廷佐、马义谷、陆伯都像

　　由于任伯年运用3B铅笔学习过素描（是否画过石膏头像，因未见到实物，不便妄测），并把此术应用到以后众多的水墨人物肖像画的创作中，使其肖像画作已具有现代肖像画的滥觞，就和同时代（死守传统技法的）肖像画家的作品拉开了距离。作品现代意识鲜明，真是不可同日而语了。由于任伯年"食洋而化""以西（画）佐中（国画）"，许多作品令人耳目一新。其中他创作的名作《酸寒尉图》中，用古老的中国画笔墨参以西法（明暗），把吴昌硕的形象表现得惟妙惟肖，不无特具现代意识，使观者见了，无不击节三赞，叹为观止。

一画两揭

"四任"当中，徐悲鸿尤喜爱任伯年的画。任伯年去世时，徐悲鸿方才出生。到了20世纪20年代，任伯年去世方30余年，他的作品

任颐扇面

厂肆间流传比较多，易于得手，且任伯年的人物画更有"现代"感而为年轻画家徐悲鸿所亲近。其个中原因是，徐悲鸿和任伯年的家庭背景也非常相似。徐悲鸿的父亲徐达章也是位民间画家，因此他从小受庭训也喜爱上染翰，这和任鹤声教任伯年习画如出一辙。徐达章有一次从城里回来，因在厂肆中曾见任伯年画的钟馗图，而追忆画了幅《斩树钟馗图》，给小徐悲鸿印象极深，从而记住了"任伯年"这个名字。洎长，游学海上，专注收求任伯年的画作。他机缘巧合地结识了画友吴仲熊，而吴仲熊竟然是任伯年的继曾孙，为徐悲鸿始料未及。吴仲熊虽未见过任老祖，却亲得继祖母任霞的亲炙，学得一手"外家画法"。徐、吴两人年龄又相若，家居地点也相去不远（宜兴紧接湖州），因此过从甚密。吴仲熊得知徐悲鸿嗜藏任伯年画，便从箱笥中拣出十数纸任伯年父女的遗作和未装裱者相赠，其中不乏五尺整纸巨幅人物作品，徐悲鸿喜出望外。自此以后，又积数十年的搜求，徐悲鸿收藏了任伯年的画作甚多，为他以后研究任伯年的书画提供了充裕的依据。

徐悲鸿在欣赏任伯年的画作之时，突然有了个重大发现：眼下的画作有些异样，"笔墨之不着形迹为原纸所无，趣益深远"。细审之下，原来是画作的第二层！徐悲鸿再检拾所藏的任伯年的其他画作，发现竟有数幅第二层的作品。如《梅花庵图》，徐悲鸿在画上题记曰："用夹宣则一作而得两幅，遇惬意者，副张亦是可留。尤以笔墨之不着形迹为

原纸所无，趣益深远。"《松下高士图》，徐悲鸿在画上题记曰："此第二层也。悲鸿略为补明。"《柳荫双舟图》，徐悲鸿在任伯年题记右侧写道："此亦副张而精彩绝未有损失，悲鸿题记。"

世上往往有传言，说是装裱店技艺高超的裱画师傅，在装裱字画时能把一画揭成两幅，神不知鬼不觉截留其中一幅以牟取利益。徐悲鸿发现自己的收藏中竟有多幅是这样的"第二层作品"，因而确信这是个不争的事实。不过他又表示怀疑而说"用夹宣则一作而得两幅"，心底下曾怀疑这是不是任伯年自己所作为呢？但是，在当时信息不畅、印刷作品匮乏之时，即使徐悲鸿收藏任伯年的作品再多，恐怕也难以收藏到被解体的两幅画原作。所以，只能是在心中确认这一事实，未能对此有进一步的发现，加以深入的研究。

徐悲鸿先生的这一发现，近世没见有学者提出进一步的研究文章问世，其中的原因就是取证非常的困难！一幅书画作品，一旦解体变为两幅后，流传于世，它们相逢的几率几乎等于零。近世由于画价的飙升，个人想庋藏大量书画作品用于研究已是妄想。好在由于传媒的发达，印刷业的普及，提供了大量的信息和图片，为书画研究者打开了一扇大门。

本文著者为了研究任伯年，就是通过收集了所能见到的任伯年的画集、评论等资料进行观摩、研究的。在徐悲鸿研究的启示下，竟然也发现了难得一见的两幅"毫无二致"的画作现象，令人大有踏破铁鞋之慨。笔者书斋中有一本1996年1月出版的《荣宝斋画谱》（ISBN 7-5003-306-8），其中载有任伯年小写意花鸟画（横）册页9张，用笔设色洒脱，令人喜爱。另有一本2011年6月人民美术出版社出版的《任伯年小品绘画》（伍）（ISBN 978-7-102-05408-7），当中也载有任伯年小写意花鸟画（横）20张，各具神态，使人爱不释手。初一看，发现这两本画集中有6幅作品是重复的，在当今海量出版画集中是屡见不鲜的现象。再仔细一看，发现两两相对的作品色彩一浓一淡，进一步仔细阅读落款题字，竟使人目瞪口呆！这两两重复的作品，落款各不相同，又揭示它们并不完全是同一幅作品！但是这两两相对的作品，由于宣纸的留墨性而产生的笔痕来看，它们竟然笔笔相对应，不爽毫厘，绝不是对着画所能取得的效果，使人怦然心动。笔者马上联想到，这不正是徐悲鸿所说的"此第二层也"吗？同时能看到第一层和第二层的画，（这种机会）真是得来全不费工夫。

　　这一偶然发现，使人兴奋不已，起身马上翻阅其他的任伯年画集。经过一番折腾，小品作品没有斩获，倒查出大幅作品有三幅是经过同样手法处理过而出现"此第二层"的现象。这些作品的尺寸均在180cm×90cm左右，属于六尺整纸巨作，而且都是刊登在《任伯年全集》（6本）中的作品。

　　一幅为《丹桂五枝芳》，正张落款曰："丹桂五枝芳，光绪丁丑（1877）新秋，伯年任颐。任颐之印（白文）。"副张落款曰："丹桂五枝芳，丁丑秋月伯年任颐。任颐之印（白文）。"画写五代窦燕山教子故事。五代时期，窦禹钧、蓟州人、亦称窦燕山。宋王应麟《三字经》有句云："窦燕山，有义方、教五子、名俱扬。"是为历代教育后代的楷模，也是中国画传统题材。

丹桂五枝芳　　任颐　　　　　　　　　　　丹桂五枝芳　　任颐

丹桂五枝芳（局部）

一幅为《屏开金孔雀》，正张落款为："屏开金孔雀，丁丑（1877）新秋伯年任颐。任颐之印（白文）。"副张落款是："屏开金孔雀，丁丑秋月伯年任颐。任颐之印（白文）。"画中表现的是北周大将窦毅为女选婿事。为选佳婿，窦毅在屏风上画了两只孔雀，暗中规定执箭射中雀目者可定为婿。慕名来射箭的诸公子皆折戟而归，后为唐高祖的李渊最晚赶到，援弓而射，两箭皆中雀目，遂被窦毅选为"东床快婿"。

一幅为《焚香告天》。正张落款是："焚香告天，伯年任颐。任颐之印（白文）。"副张落款是："焚香告天，丁丑（1877）秋仲伯年任颐。任颐之印（白文）。"画的内容表现为宋人赵阅道焚香祭天事。赵阅道官至殿中侍御使，为官方正不阿，弹劾奸佞不避权贵。赵阅道年轻时即严格要求自己，每日把修行日记写在黄纸上，焚香时把黄纸焚化，祭告上天，用以鞭策自己断恶修善。其事迹也是中国画中常用的传统题材之一。

这三幅巨幅大画（六尺整纸），巧合的是均画于光绪丁丑（1877）

年间秋天，估计是一气呵成的。画此数幅大画的目的是什么，题款文字中没有说明，不好猜测揣度。不过一气呵成如此大画且题材众多，是有一定目的的。

徐悲鸿先生还收藏有一幅《柳溪双舟图》，尺寸为 175cm×46.5cm，亦算是六尺对开的大画了。在画上徐先生题注曰："此亦副张而精彩绝未损失，悲鸿题记。"可巧的是，笔者在翻阅资料时又发现一幅同样的题材、同样的构图、同样的设色，不同题款的《柳溪双舟图》，只是色彩较前幅为重（且无徐先生题注），当是正张，而徐所收藏的则为副张了。是幅作品上，任伯年题记作于光绪辛卯（1891）夏六月。

这些"双胞胎"画的共同特点是：画面毫无二致，但是题款却不一样，应该是在装裱之前就是如此了。所以可以排除是裱画师的作为，完

《屏开金孔雀》　任颐

《屏开金孔雀》　任颐

任伯年的同一底稿黄大仙图

全是画家有意而为之的了。

综合来看,《丹桂五枝芳》等三幅六尺的大画作于光绪丁丑年(1877)、小册页题记画于光绪丙戌年(1886),《柳溪双舟图》作于光绪辛卯年(1891)。它们时间相距14年之久,因此大约可知,任伯年在绘画生涯中把一画揭为双幅是司空见惯的现象。

其中缘由大约是,任伯年偶然发现自己所画有被人揭开为二的事例,为杜绝被他人揭一为二去牟利,于是自己预先把画揭为两张,分别题款,各自成幅。他人若想揭开者,因宣纸曾被两揭后变薄,就不能再行两揭了,只好"望纸兴叹"。再者,窃以为,任伯年画名重于沪渎,日夜忙于应酬,且病体难支,只恨分身无术。可喜的是,分身不可为,分画倒是可行的。于是乎，把画"一分为二"，既可解画债积压之苦以应酬顾客，又可事半功倍皆大欢喜。

小品易揭，六尺大画揭起来就困难多了。任伯年病体难支，自揭似乎不大可能，是否假于他手来揭，不可妄断。不过，任伯年身边裱画朋友不少，子侄姻娅中，有位侄女婿黄德先，先跟任伯年学画不成，改做裱画工，其后经营"九华堂厚记"南纸店，生意红火。黄德先得任伯年眷顾极多，收藏任画颇丰。他与任伯年沾亲带故，关系密切，之间秘密不会泄漏，极有可能是一画两揭的"操盘手"。

任颐和其他裱画师傅的关系也很融洽。1883年他写有书法对联"红杏在林、碧桃满树"赠予吴文询，"文询仁兄大人雅属，光绪癸未夏六月朔，伯年弟任颐"。吴文询是当时名裱画师，在文酒笔会时，吴穿梭画案间为书画家们抻纸。他为任颐抻纸时，常常是一抻两纸，待任颐画完时，第一张归主人，而第二张就归吴自己了。任颐看在眼里而不为愠，一笑了之，这一定是好朋友间方可如此随意的。窃以为，吴文询亦可能是为任颐作一画两揭的人选。

笔者能证实这一画两揭现象，完全是根据徐悲鸿先生发现"此第二层也"的启示下，偶然间发现的，并以图片两两对照方式，说明了徐先生这一论断的无比正确性。坊间传闻书画作品能一揭为二，现在有了实物（印刷品）为证，表明这一现象确实存在。

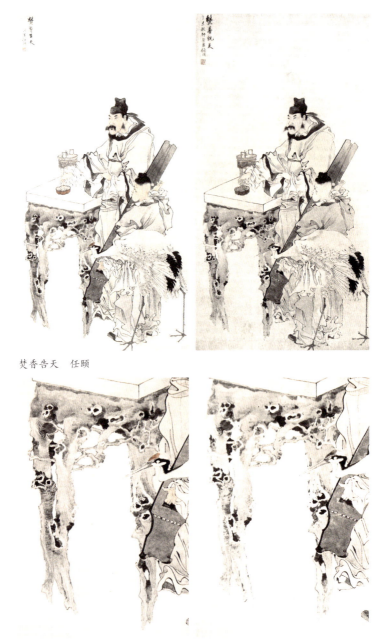

焚香告天　任颐

焚香告天（局部）

正张　任颐

副张　任颐

正张　任颐

副张　任颐

正张　任颐

副张　任颐

正张　任颐

副张　任颐

正张　任颐

副张　任颐

正张　任颐

副张　任颐

妙在阿睹

四任画家，皆擅人物画，其中"传神写真"也均有妙品传世。任熊 30 岁后就画有自画像，画法老道，润染到位，立体感强，嫉世之态毕现。是图，人物形象以墨线勾出，敷以色彩。今人未见任熊的摄影照片，不便评论，而当时观者著书中皆大加赞扬，可信言之不虚。图中任熊目光直视，刚毅果断之情毕现。目虽不大，却炯炯有神，似乎能一眼看穿观者之心灵。实是传神高手，不让前人。任氏昆仲人物画的特征大都是人物身躯伟岸，看似不合比例，但整体效果是人物形象高大魁梧。是幅自画像亦有此特点，给人的感觉是

姚小复像（局部）　任伯年

人物形象顶天立地，气宇轩昂。任熊画是像时，年届 30 余岁，正是壮年，且国难当头，内乱蜂起，世风靡烂，不可收拾，大有壮士为国赴难之志。是图左边长题"右调《十二时》"词一首，书写自己的当时心情，"更误人，可怜青史，一字何以轻记"。任熊还有《丁兰叔三十岁小像》《复庄先生五十岁像》《少康像》等作品，均见其传神写照的功力深厚。

任薰、任预也均有写真人像传世。任薰有《无名氏像》，任预有《金明斋像》《碧荫轩主像》流传至今，可见他们的应物象形的本领不容小觑。而任伯年的"肖像画"就出类拔萃，独占鳌头了。

任伯年的人物肖像画，继承了传统中国人物肖像画的衣钵，加入对西洋肖像画的理解，把人物肖像画推向了一个新高峰，虽然过了百年，现在看来其作品亦无陈旧之感。可以说，即使在现代看来，一些作品表现形式也未过时。

中国人自从秦国大将蒙恬北拒戎狄，因军务书写文件而发明了毛笔这种书写工具后，软笔书写方法大行其道。中国的画家们也顺便借用了毛笔进行书画创作。毛笔独特的构造非常善于勾勒线条，所以中国画有

别于西方等其他民族的绘画特点就是以线代面表现物体。自古以来，中国人物肖像画大都是以线勾勒表现对象，赋以色彩即告完工，鲜有以明暗塑造形象的。而西方民族一直使用硬笔工具进行书写（从鹅毛管笔到钢笔等），画家们只好另造（平板式）毛笔进行绘画，这种平扁的刷子非常容易表现块面，逐渐形成了油画以明暗调子表现物体的画法，看起来非常逼真。换句话说，中国人物画是写意的，只注重人物神态的表

自画像　任熊　　　　　　　　　　　　　　　　明斋像　任预

现，不在乎环境对物体的影响，表达的是心中之画，而非现实之中的影像。这种画法延续了千年，到了清代，由于西风东渐，外国传教士把西洋画带入中国，中国画家在其启迪下，借用明暗法表现人物的形象，开启了新的画法。任伯年或许就是其中的一位。

所以，我们看到的历代人物肖像画，都是画家的心中之画，而现实中的人物形象，很难在我们的思维中显现出当时的情景来。古代画家画的人物，在现实中到底是一个怎样的形象呢？不得而知。因为古代还没有发明照相术，所以古人的真实的面貌，没有照片进行比较，很难在我们的思维中显现出来。这种缺憾，可能是现代人看惯了西洋人物画，再看我国古人画的肖像画都会产生的疑问。

任伯年诞生的1840年，发生了鸦片战争。从此，西方的"奇术淫技"接踵而来，其中"照相术"也在中国市场"发扬光大"。照相术进入上海滩，广东人罗元佑于19世纪50年代即在上海执业人像摄影。到了60年代后，上海照相馆纷纷兴起，"公泰""苏三兴""森泰""宜昌"等字号照相馆遍布上海市面。人们留影照皆去照相馆了，老式人工写像渐渐被人们遗忘。所以，1863年6、7月间，24岁的任伯年，怀揣着好友任晋谦刻的"任润"图章，首次来到上海滩，希冀凭借自己的写像术，为人画像以赚取铜钱买米糊口。可惜，任凭你技艺多么高超，也无人问津了。1864年初，任伯年只好铩羽而归萧山。

任伯年1868年11月再次来到上海，以画扇起家，在上海滩立了足，数年间即开创了一片天地。画名鹊起后，任伯年的传神写照神技已被公认为画坛翘楚，但也只能是文酒笔会之余的遣兴，一般情况下要是留影，还得要去照相馆。就是任伯年自己的像照，也是他49岁时在照相馆里拍摄的。

中外人物画家鲜有不画自画像的，任熊等都有自画像，任伯年也不例外。据笔者所见，任伯年大约有三五幅自画像：

一、光绪甲申（1884）三月画《三友图》；

二、同治戊辰（1868）二月画《东津话别图》；

三、光绪丁亥（1887）正月画《双松话旧图》；

四、光绪戊寅（1878）十月画《江干送别图》；

五、无纪年画《春郊纪遊图》。

最后三图只是作为画中点缀，不见具体形象刻画，可忽略不计。第

吴昌硕像

二图是年轻（29 岁）时所画，暂且不谈。而第一图则是其 45 岁所作，正可以和他 49 岁拍摄的照片进行对照来看，可以看看现实中的任伯年和画家笔下的自己有何不同。这是我们第一次可以把真实的影像和画家的印象在笔下反映出的图像进行比较了，真可谓是破天荒第一次！这个事例给我们的印象可能不太深，且看下例。

我们看任伯年画的人像最多的就是吴缶庐吴昌硕了。可能吴昌硕的形象比较特别，非常适于勾画，所以数年间任伯年一画再画，传世的大约有以下几幅：

一、《酸寒尉像》，1888 年画。最有名。

二、《蕉荫纳凉图》，1888 年画。也很有名。

三、《棕荫纳凉图》，1887 年画。

四、《饥看天图》，1886 年画。现摩刻在西泠印社石壁上。

五、《芜青亭长图》，1883 年三月画。

非常巧合的是，吴昌硕生前也是个摄影控，所以他的摄影照片俯拾皆是，现刊登其肖像（全身，与他人合影免登），以饱眼福。

看了照片后，再来看任伯年所画的这些肖像画时，马上感觉到了前人所说的"此吴缶庐也！"的赞叹。这是我们从来都没有的感受！这时我们可以把吴的肖像画和真实的吴的照片对比来看了。任颐所画吴昌硕肖像，神形毕肖！原来中国写真肖像画如此美妙，仅凭借线条的勾勒，就能刻画得入骨三分。使人佩服任伯年"真不愧有史以来肖像画第一人"（徐悲鸿先生有此类似评论）的感叹！

任伯年画像作品非常多，泯失于世的不算，仅在现代印刷品中就见到为下列人员画过像：张熊、胡远、胡远夫人、虚谷、周闲、高邕、任薰、吴俊、榴生、沙馥、葛仲华、饭石、张益三、吴仲英、庚岭僧大颠、姜石农、佩秋夫人、石农令孙、冯畊山、吴淦、沈芦汀、赵啸云、朱锦堂、曾凤寄、万个亭、陈朵峰、谢廉始、深甫、诗堂、何以诚、外祖赵德昌及魏太孺人、先父任淞云、岳父陆立甫、妻二兄陆书城、陈曼寿及

人物肖像　任薰画

吴淦像　任伯年

庾岭僧像　任伯年

其女、岑铜士、陈允生、姚小复、月楼、吉石、乃邻、悟生、严信厚、龙湫旧隐（葛天民）、梦墨山樵、吴文恂、桂亭、杨岘、吴东迈（吴昌硕三子）、伯英、襟兄沈子丹、无名氏等。

任伯年早年的肖像画，还纯守传统手法，到了上海以后，眼界开阔，又接触到西洋人物油画而有所启发。尤其结交了徐汇土山湾画馆天主教修士刘德斋后，因刘的引导，曾使用铅笔学习了素描，对物体的三面六调有了初步的理解。因此，任伯年把西洋技法糅合到传统中国人物肖像画中去，注意表现明暗调子，人物形象更加鲜活起来。在《葛仲华二十七岁小像》《高邕之像》中，我们看到任伯年在画法里，加进了明暗块面的描写，使人物形象跃然纸上，栩栩如生。

我们再回到为吴昌硕的画像上，其中《酸寒尉缘》当为中国肖像画中的杰作，堪称中国人物肖像中的"兰亭序"不为过。是图，人物形象下笔准确，寥寥数笔，写出的形象和吴昌硕的照片像毫无二致（记住：这是用"作画如颐，差足当一写字"的画法轻松写出的，毫无急促、刻意之感）。颜面敷色轻快，借以皴擦出明暗，增强了立体感。难能可贵的是神情的表现，我们看到的是作为下级小吏的吴昌硕，在迎逢上峰大吏时，马蹄袖下翻双手捧拳在胸，随时准备单腿下跪打千喊"喳"了。双目紧盯对方，察言观色的一片局促不安之情态跃然纸上，使观画者也顿生了"安能使我事权贵，不堪为五斗米折腰"之慨。任伯年画服饰以写意法为之，参以西洋水彩画意一挥而就，马褂水墨晕染，颇显出绸缎质感。皂靴造型准确，墨黑之色正好压住下角，虽然下部简单至极，画面却无头重脚轻之感。其腰间扇袋荷包刻画到位，顿使画面丰富起来（假

纳凉图　任颐

如没有这两样东西点缀，画面即显枯燥无味）。任伯年在吸收了西洋画的表现手法上，创立了兼工带写的中国肖像画新形式，只此《酸寒尉图》一件作品即可使任伯年彪炳画坛耶！是图当可视为开创现代肖像画模式之嚆矢（综观任伯年之前，历代肖像画家绝无此笔法，是为现代肖像画之滥觞）。

任伯年简笔人物肖像画、泼墨人物画已极具现代意识感。《姚小复像》《玩鸟人像》，以及人物画《雪中送坛图》《得利返家图》，多幅泼墨钟馗图等作品，基本上已和近现代画家作品毫无时代隔离感了。这些作品多是完成于 19 世纪 80 年代左右。忽然不由想到，西方印象派的作品也是在这个时期形成的，一直影响到当代。同时代的任伯年，在（吸食鸦片）吞云吐雾过后，精神抖擞，胸中郁勃之气冉冉欲发，于是翻身而起，凭借感觉，援笔横涂竖抹，倏忽图成，遂弃笔不复一顾，观者瞠目。你看他的泼墨钟馗图，墨渖淋漓，一纸烟气。画毕点睛掷笔之际，正是鄷都鬼哭魅号之时！其笔法影响之深远，延及近世。综观现代画馗者，胡不为伯年徒子徒孙欤！

传神在阿睹，任伯年们深得之耶。

泼墨圣手

有史以来，我国人物画大都以线描表现之，久而久之总结出了表现人物画的"十八描"，被后世画家奉为圭臬，不敢越雷池一步。南宋东平人梁楷梁风子，南渡后为画院待诏。但性情疏懒，放浪形骸之外，以酒酣欲疯，作《泼墨仙人图》，是为有史以来摒弃线描的泼墨人物画。虽然被画界视为异端（丑画），

红衣骑马图　任颐

但实为我国画史中泼墨人物画之嚆矢，影响深远，为人始料未及！到了元明之际，大写意画家迭起，开创了"大写意画派"一片天地。

到了19世纪，西方美术界崛起印象派，画风为之一变，而东方美术界依然水波不惊。江浙一带，人物画家恪守"十八描"技法进行人物画的描画，当时改琦、陈洪绶、费丹旭等名家的绘画风格盛行一时。到了19世纪50年代，四任画风崛起，但依然遵循陈洪绶的笔法进行人物画的创作。任熊的线描还中规中矩，到了任薰则"矫枉过正"，把钉头鼠尾描发展到极致，形成了强烈的个人风格。他的学生任颐，早期也把此描应用得相当娴熟。他们之间的区别只是一个"青涩"、一个"爽利"而已。但任颐过人之处是：写生能力特强，过目不忘，能背临肖像画而酷似，信手拈来，不让先贤，在四任中肖像画独占鳌头。任预早年失怙，泊长习画，一改父辈的运笔，而独尊文人笔法，所画作品，萧散不经意间而见性情，犹如王谢子弟虽复拖沓奕奕，自有一种风情。

任伯年的人物肖像画甫一出现于上海滩，即不同凡响。任伯年幼承家学，练就一手过硬的应物象形的写生功底。他跟随师傅任薰习画，在明州大梅山馆，有幸临摹任熊所画《大梅山民诗意图》120帧，遂继承了陈章侯的衣钵，为他今后肖像画的发展打下了坚实基础。最令人不可

意笔作品　任颐

思议的是，他那过目不忘的超强记忆力，无人可以企及。是时，上海大画家张子祥（熊）和任伯年见过一面，因张子祥阅人多也，有拥趸无数，对这个萧山乡下来的青年并未在意。不曾想到的是，下一次再和任伯年见面时，任伯年呈上来的画竟然是自己的肖像，惟妙惟肖，颊上三毫，神态毕现，堪比顾虎头当不为过也。张子祥大为惊异，遂认定将来上海滩上，任伯年的肖像画必定独领风骚，是位不可多得的奇才。于是大力扬誉任伯年，任伯年因此名声鹊起，画名遍布沪渎了。

酸寒尉像轴　任颐

任伯年挟此技为上海滩上名宿硕儒、书朋画友画过无数的肖像画。

在众多的肖像画中，不得不提起吴昌硕画像。吴昌硕是任伯年的挚友，吴昌硕36岁时，经高邕之引荐结识任伯年，从此他们结下了深厚的友谊，关系在师友之间。当然，一开始，确实任伯年授过吴昌硕以笔法，但是，吴昌硕一动笔，任伯年即发现该子学养已储胸间，不是等闲之辈。盖斯时，吴昌硕已是满腹经纶、饱学之士了，尤其是书法诗词上的功夫，是任伯年所不及的。任颐一生为吴昌硕画像有四五幅之多，如《芜青亭长图》《饥看天图》《棕荫纳凉图》《酸寒尉像》等，每一幅画像，不仅面貌酷肖，而内心世界表现得淋漓尽致，各具形态。尤其是《酸寒尉图》，把个吴昌硕这个小官吏迎送大吏顶头上司时的毕恭毕敬、无可奈何的囧态刻画得入木三分，不禁让人哑然失笑。吴昌硕很有感触地写道："达官处堂皇，小吏走炎凉。束带趋辕门，三伏汗如雨。传呼乃敢入，心气先摄沮。问言见何事？欲答防龃龉。自知酸寒态，恐触大府怒！怵惕强支吾，垂手身伛偻。朝食嗟未饱，卓卓日当午。中年类衰老，腰脚苦酸楚！"道出了其在涟水"安东令"任上的无奈。吴昌硕不耐其苦，未及一个月，即挂冠而去！在是图上，吴昌硕官帽朝服，双手交叉胸前，欲言又止。一脸的无奈，寥寥几笔刻画得细致入微，呼之欲出。任伯年在用笔用墨上更是另辟蹊径。整幅画上，只有官帽和五官用寥寥数笔勾出，其他皆用泼墨渲染。上衣马褂纯以大片墨青色晕染，并不是平涂，内部的肌理若隐若现，表现出了绸缎的质感。下身的长衫，表现得恰到好处，似乎刚刚浆洗过。再下边，一双朝靴纯以墨色画出，造型准确，乌黑的色块，保持了画面上下的平衡。就是腰间的小挂件，寥寥几笔，也曲尽形态，恰到妙处。这一幅画，任伯年一反常态，弃用他那标志性的钉头鼠尾描法，而以纯没骨画法写出，完全是大写意的笔法在人物画上的运用。

《酸寒尉像》用笔用墨和梁楷的《泼墨仙人图》的表现手法毫无二致，均以线条勾五官，大写意画衣衫。只不过，梁楷用笔过于荒疏，任伯年是工有余而率性不足。但是，我们回观当时的画坛上，像任伯年这样如此放笔、大胆渲染，把泼墨技法应用在人物画中，是找不出第二位的。徐悲鸿说："任伯年是仇十洲后人物画家第一人。"不仅如此，在大写意人物画上，任伯年当为梁楷泼墨人物画后第一人也！笔者以为，称《酸寒尉像》是为近现代大写意人物画之标志性作品当不为过！

任颐汲取先贤的画风不遗余力,他结识了高邕后,在高家拜读了所庋藏的名作巨迹,尤其是八大山人的作品给他震撼不小。反复临摹,汲取大写意精神,并在以后的创作实践中大胆运用之。任颐画了大量的钟馗图,其中就有不少用墨笔、朱笔泼彩而成。洋洋洒洒一挥而就,不计工拙,神采奕奕,真是前无古人后无来者!

任颐生活在 19 世纪后半期,西风东渐愈炽,大量的西方油画(印刷)作品传入上海,其中不乏印象派的作品。任颐在和油画家刘德斋的交往中当会接触这类印刷品,对于任颐来说会有所感触,在绘画实践中或许有启发。这样大胆的泼墨画法就应运而生了。综观其他画家还在墨守成规于老祖宗的传统画法,相比之下,任颐的创作思想多么时髦,敢为人先的精神令人十分钦佩。

很可惜的是,天不假年,任伯年过早地在 56 岁遽归道山,使他的艺术实践戛然而止,在泼墨大写意人物画上未能百尺竿头更进一步,真是近现代美术史上的巨大损失。

任伯年的人物画中,泼墨大写意的作品占有一定的数量。下面刊登数幅以飨读者。

少小名鹜翰墨场读书
毋闲且伴狂我今欲借先生
剑地罡夫扫一吐光
碭仆顺童仁和禹道题北上海并诚

朱笔钟馗　任颐

啖鬼图　任颐

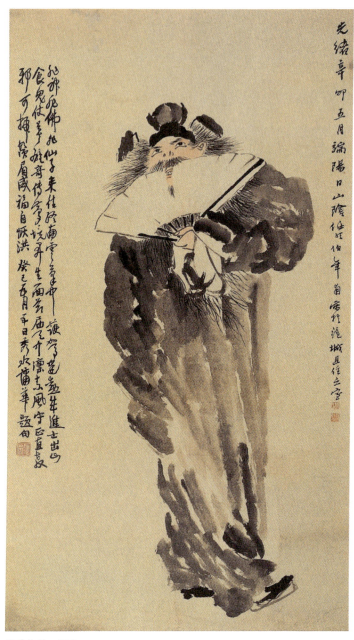

泼墨钟馗　任颐

钟馗图　任颐

四任的传人

扇面　任颐

中国有句俗语说："打虎亲兄弟，上阵父子兵。"四任之间的师承关系是兄弟、叔侄、父子、父女关系。一家任姓出这么多画家，是中国绘画史上难得的现象。萧山任氏习画之人历代不乏其人，清道咸年间，就有任淇（竹君）、任椿、任鹤声诸人。他们虽名不出乡里，却影响了下一辈后人。在父辈的影响下，任熊不仅自己画画，还带出了其弟任薰习画。可惜任熊不寿，无缘再去教授族侄任颐、其子任预了。而任薰继之，从而成就了任颐、任预。尤其任颐有出蓝之誉，成为海派画坛的巨擘。

任熊族外传人众多，名见经传的有苏州人沙英子春（1835—1878）。任熊流寓苏州时，经画友沙馥山春推荐其弟沙英拜任熊为师，攻人物花鸟有成。史载，1857年任熊卒于萧山。遗憾的是，任熊创作的《高士传》中还有人物作品"披衣""颜子"两幅尚未完成。为了师傅的未竟事业，沙英从苏州赶来，补画之而"能尽师法"，遂使该书成为完璧，刊刻面世。

任薰的门徒，就是尽人皆知的族侄任颐、任预了，还有其他传人不能尽述。

任预的门人，见诸史料者鲜有记录。

任伯年成名后，就有一大批的学画人模仿其作成为时尚，及至现代私淑其作品的亦大有人在。

在任伯年的亦师亦友中，取得成就最大的当推写意花鸟画大师吴昌硕了。

吴昌硕（1844—1927），原名俊，又名俊卿，字昌硕，又字仓石，别号缶庐、苦铁，又署破荷、老缶、大聋。70岁后以字行。浙江安吉鄣吴村人。父吴辛甲，系前清咸丰辛亥年举人，获取知县，避而不仕，耕读终其一生,平时喜欢作诗与篆刻。二子昌硕总角时,受其父影响,亦喜吟诗与刻图章。14岁时,因刻石过久,手握不稳,不慎将左手无名指凿伤,因无药医疗,竟使其指溃烂了半节。

　　1860年1月28日,太平军忠王李秀成行"围魏救赵"之计,离开浦口,去芜湖调兵攻打杭州。2月24日,李部攻占了安徽广德,即将要去攻打浙江安吉,太平军人马路途经过鄣吴村。大兵未到,民众闻讯纷纷出逃,吴昌硕随父逃避山野,幸免于难。但是,慌乱之中父子被冲散,只得孤身逃亡。期间曾被一宋姓农家收留,靠打杂工糊口度日。至1864年8月,乡里稍宁,吴昌硕方寻得父亲一同回家。可怜一大家子人中只有父子两

墨牡丹图　吴昌硕　　　　　　墨牡丹图　吴昌硕

人苟全性命回乡。吴昌硕跟随父亲苦读，1865年秋，补考庚申科秀才入泮。1879年，36岁时托友人得到任伯年画一幅，爱不释手。1883年正月，40岁的吴昌硕因公赴津，路出于沪。在等候轮船无聊之际，经友人介绍结识了任伯年。两人年纪相若，同罹太平军之苦，都是性情中人，一见如故，遂成莫逆。斯时，吴昌硕欲请任伯年教授画法，任伯年出纸授意吴昌硕画几笔看看。昌硕局促不安，面有难色。任伯年说："但画无妨。"万般无奈下，吴昌硕提笔画了几笔。因吴昌硕日日练习书法，下笔有度，任伯年见之心惊，大赞道："现在看来，君之用笔已不在吾之下矣！若掌握了法度，前途不可估量……"至是，吴昌硕在书法之余致力于绘事不辍耶。是年3月，任伯年为吴昌硕画了《芜青亭长图》。

1884年，吴昌硕41岁时始客居苏州。1886年11月，从苏州赴上海，为任伯年刻"画奴"印一枚。任伯年又作《饥看天图》一幅回赠，吴昌硕得之如获至宝，亲题长句一首（斯图已勒石于杭州西泠印社中）。1887年6月，44岁时至沪求教于任伯年，任再画《棕荫纳凉图》以赠，并题记云："罗两峰为金冬心画《午睡图》饶有古趣，余曾手临数过。今为仓石老友再拟其意。光绪丁亥六月伯年任颐记。"吴昌硕为任伯年画《高邕之像》作长题诗句。又得任伯年《菊花图》，书以谢之。是年初冬移居上海，可以不时去任宅求教也。

1889年春，刻"任和尚"印，以报答任伯年画《酸寒尉像》。原来，旧年吴昌硕在苏州县衙任笔刀小吏，公毕回归住地，袍服未卸，恰逢任伯年来访，见其窘状可哂，即画了《酸寒尉像》一图，表现吴昌硕袍服迎送长官的无奈之举跃然纸上。吴昌硕见斯图正戳到自己的人生痛处，大丈夫安能屈于事权贵哉！知我者唯有任夫子欤？即郑重央请当时沪上名书法家杨岘（藐翁）题诗其上，以记己意。

1891年夏初，任伯年为吴昌硕三子迈（6岁）作小影。画中表现迈儿手携一筐"白沙"枇杷，其状憨态可掬。吴昌硕题《书苏儿小影》五言长古一首于其上。

1892年夏月，任伯年为吴昌硕再次作肖像《蕉荫纳凉图》。此图表现吴昌硕袒腹把扇，摇风小憩于蕉荫之下，深得昌硕神韵，诚为难能可贵之妙品。

1895年，任伯年临终前数月又为吴昌硕再作《棕荫忆旧图》《山海关从军图》。吴昌硕独得任伯年所画肖像之多，在沪上画家中首屈一指，可见他们的情谊之深。是年农历十一月四日，任伯年病殁于沪上。噩耗传来，吴昌硕闻之大哭，含泪书挽联云："画笔千秋名，汉石随泥同不朽；临风百回哭，水痕墨气失知音。"又作《哭任伯年先生》诗云："光绪二十一年乙未十一月初四殁。海上微官等匏系，日穷画理逐先生。武梁祠古增游历，金石声高出性情。脱剑今朝惭季子，读山何地起长蕛（曾为画《山海关从军图》）。风流已矣应蜷舌，涕泗阑干对月明。"

吴昌硕之于任伯年的友谊，可以说在于师友之间，不应以师生关系视之。虽然，吴昌硕以画法曾求教过任伯年，但他的学养、书法功底是任伯年不可望其项背的。他因画询问任伯年，可以看作是"项目咨询"。在任伯年的点拨下，吴昌硕很快就掌握了画画的诀窍。在以后的绘画实践中，参以书法，融合自己的学养，创造出大写意花鸟画流派，影响了一代花鸟画至今，是中国画坛上又一座艺术高峰。

最早系统学习任伯年画法的莫过于任霞雨华了。因为是庭训，任霞在父亲的耳提面命之下，画得一手"任氏笔法"，几可乱真。前文已论及，不赘。

追摹任伯年画风者众多，有拜师的门人，而私淑者则不计其数。以下取成就斐然者，以年齿先后述及之。

山水图　吴仲熊

荷花鸳鸯图　徐祥　　　　春江水暖　何煜

何煜（1855—1928），字研北。上海人，早年师从胡远、任颐，后为朱偁入室弟子。和任伯年相稔熟，曾为任霞做过"红娘"，介绍夫家。

倪田（1855—1919），字墨耕，号璧月盦主。扬州人，侨居上海，初学王小某（素），光绪年间行商沪上，因见任颐画而喜之，遂弃前业而参用任法。山水、人物、花鸟皆擅，寓沪鬻画垂三十年。不过有人评其画曰："不过油腔滑调而已。"

颜元（1860—1934），字纯生，号半聋居士。苏州人，擅画。任霞殁，陪嫁之任伯年画及画稿流落厂肆间，颜元大力收购。致力追摹任伯年（白描）画稿无算。其子颜文樑亦善绘事，专擅西洋水彩画，名闻于世。

王震（1867—1938），字一亭，号白龙山人。佛居士，法名觉器。祖籍浙江吴兴。同治元年（1862）5月13日，太平军攻破吴兴，居民王馥棠全家从北门出逃时，为兵冲散，一家生死离散，不复相顾。馥棠只身逃亡，行至浦东周浦镇，经人介绍，就业于制衣庄。后王馥棠于同治六年（1867）12月4日生子王一亭。一亭14岁时入慎余钱庄学徒。钱庄近左有家宝墨斋装裱店，常有名家字画可供观瞻，一亭常去该店徜徉观画临摹，尤喜任伯年画，见之辄临仿一过。17岁时，某次正在临仿任氏画作，不经意间任伯年恰来是店，见状心喜其苦学之诚，奖誉不置。一亭乃申私淑之心意，任伯年应允列入门墙，命门人徐祥指导之。王震工书、画，山水、人物、花果、佛像无所不能。天真烂漫、雄健浑厚，与吴昌硕相从。大幅小帧挥洒自如，有旁若无人之慨而性情和易。王一亭经商有成，来往于国际间。而吴昌硕画名之鹊起，全系王一亭把其画推介至日本国，画价陡升，国人瞠目。可见王震介绍吴昌硕不遗余力也。王震后来所画，掺以七道士（曾衍东）粗笔焦墨人物画法，方脱离任颐人物画之窠臼，自成豪放不羁之画风。王震是海上闻人，大慈善家。历任面粉交易所理事长、商业储蓄银行、电气公司等董事长，赈务委员会常务委员，任上海市慈善团体联合救灾会、国际救灾会等善团要职。是海上闻人，与黄金荣、杜月笙等齐名。

陈年（1877—1970），字半丁，一字半痴，又字静山。浙江绍兴人。15岁学画，1894年随表叔吴隐至上海，受到任伯年、吴昌硕、蒲华等名家的指点，为其日后发展打下坚实的基础。工书、画，以花卉为最擅长。其人看似瘦弱，但精神矍铄，至老不衰。兼擅摹印。中华人民共和国成立后，曾任北京中国画院副院长。

經營百萬時丙子春抄
橅陳章侯筆法 芳園李 容於滬工廣齋

经营百万 李芳园

俞礼（1887—1922），字达夫。绍兴人。任伯年高弟，善画人物、山水、花鸟画，尽得师传。

李芳园（1884—1947），名润。上海人，私淑任伯年。为上海美术专科学校、新华艺术专科学校教授。

张聿光（1885—1968），字鹤苍头，斋名冶欧斋。浙江绍兴人，画法继承了任伯年的画风，再掺以西画技巧而形成自己的面貌。曾任上海美专教授。1920 年跟法国人学西画。1926 年进明星影片公司任美术主任，新华艺专、上海美专教授。1928 年任新华美专副校长。早年曾绘制布景，后从事美术教育达 40 年之久，为国内外有一定影响的画家。

金榕（1885—1928），字寿石。苏州人。画宗任颐，寓沪卖画年久，颇得时名。

吴仲熊（1899—1957），湖州人。任伯年继曾孙，得继

仿任颐朱砂钟馗图　刘旦宅

祖母任霞亲炙，画法纯守外家。与徐悲鸿友善，赠予徐悲鸿所藏任伯年画作 10 余幅。前文有述，不赘。

徐祥（生、殁年不详），字小仓。上海人。初学钱慧安，继学任伯年。花卉、人物均能自出机杼。善昆曲，年仅中寿。为上海"近代六十名家"之一。

郦馥（生、殁年不详），字芗谷。浙江诸暨人。任伯年弟子、工人物、花鸟画，笔力峭劲。心规手追，种种入妙，难脱师迹，盛名终为任颐所

仿任颐仕女图　黄胄　　　　　　　　　　福禄寿图　沈亚洲

掩。为上海"近代六十名家"之一。

今人学习任伯年笔意者亦大有人在，其中不乏名家，尤其海上画家大有临习任画作品的习惯，其中有吴湖帆、刘旦宅等诸大家不可尽述。人物画大师黄胄也见有仿任伯年笔意的"钟馗图""仕女图"传世，可见"任伯年现象"的影响遍及现代而不衰。

小红低唱图　郦馥　　　　仕女狸奴图　黄胄

羲之爱鹅图　倪田

双仙献寿图　徐祥

赏月图　顾元

钟馗图　杜滋龄

紫藤双燕图 张辛稼

孔雀图　张聿光

凤凰富贵图　王一亭

富贵宅基图　金榕

东篱佳色　江寒汀

寿桃图　俞礼

蔬果图　陈半丁

四任大事记

○ 1823 年农历六月十二日任熊生。字渭长，号湘浦。任氏迁浙萧山奇六房第二十二世。父任椿，亦能画，居萧山城厢凤堰里十字弄。

任薰扇面图

周闲，年 4 岁。字存伯，号范湖居士。秀水（嘉兴）人，同治初官新阳令。极力推崇任熊，是任熊人生中之贵人。

虚谷，年 3 岁。书画僧，俗姓朱，名虚白。家广陵，徽州人。曾效力清营，有所感触，遂披缁入山。擅画，来往于扬州、上海间。

胡远生。字公寿，号瘦鹤，又号横云山民，华亭人。为任颐人生中之贵人。

○ 1835 年　任薰生。字阜长，又字舜琴。任熊弟。任氏迁浙萧山奇六房第二十二世。早年业泥水匠，洎长跟随兄熊习画。

○ 1838 年　任熊 16 岁。父任椿死。家中生活无以为继，熊开始鬻画自给，承担家计。

○ 1839 年初　清廷派遣林则徐为钦差大臣。6 月，在虎门销毁鸦片 2 万余箱。

○ 1840 年 6 月　英国派遣懿律为司令，率领舰船 40 余艘，载兵 4000 名，悍然向中国发动进攻，第一次鸦片战争爆发。

○ 1840 年 10 月 4 日　任伯年生。初名任润，字次远，号小（晓）楼，乳名和尚。任氏迁浙塘头内六房第二十三世。父任鹤声，粮店老板，亦擅画肖像。

○ 1841 年　任熊 19 岁。作《仕女图》，周闲题《昭君怨》词于其上。

○ 1842 年 8 月 29 日　中英《南京条约》草签，割让香港，五口商埠开放。上海开埠后，"画士游踪，初多萃聚通都，互市以来，橐笔载砚者，恒纷集于春申江上"。

任熊 20 岁，旅居宁波、杭州、苏州、上海等地鬻画。

○ 1843 年　刘德斋生，名必振。常熟罟（古）里村人。

5 月，任熊作《三星高照图》，署"道光癸卯五月渭长任熊"。

○ 1844 年 9 月 12 日　吴俊生。又名俊卿，字昌硕，又字仓石。号缶庐、苦铁、老缶、大聋。安吉鄣吴村人。

○ 1845 年　任伯年 6 岁。是年随父迁居萧山城厢镇浙东运河凤堰桥堍粮米大街。父任鹤声，字淞云，任氏迁浙塘头内六房第二十二世，亦贾亦读，不苟仕宦，课子甚严。

任熊 23 岁。在定海得观吴道子画石刻，力摹唐人笔意。

○ 1846 年　任熊 24 岁。偕同乡陆次山侨寓西湖，在孤山圣音寺观五代得得和尚贯休 16 帧罗汉尊者像，寝卧其下，不忍去。作《仿贯休十六罗汉图》大册页。

○ 1847 年　任熊 25 岁。夏五月，作《采药图》。

○ 1848 年　任熊 26 岁，在杭州缔交周闲，在秀水范湖草堂居停三载。朝夕临摹古画，"略不胜，辄再易一缣，必胜乃已。夜亦秉烛未尝辍，故画日益精"。作《博古图》，现已流入日本国。作《钱江龙见图》赠周闲，记二人于八月观钱江潮之事。

胡璋生，字铁梅。安徽桐城人。后为上海九华堂经理。

虚谷始削发为僧。

是年，任薰 13 岁。跟随兄长习画。

○ 1849 年　任熊 27 岁。作《秋花图》四条屏、作《烟柳兰舟图》扇，题词一阕《调寄江南好》。

○ 1850 年　2 月 25 日，道光帝薨，3 月 9 日奕詝即位，是为咸丰帝。

任熊在范湖草堂初识诗人，画家姚燮。春天随周闲渡太湖、游苏州，继而北上游镇江，登金、焦、北固诸山，饱览三山及长江景色，大开胸襟。回秀水后，秋天去明州蛟川，寄寓姚燮大梅山馆中二月有奇，摘复庄诗句，绘成《大梅山民诗意图》6 册、120 页巨迹。冬天归萧山，与里中曹峋（子鳞）订交。于时，里中人始重任熊画。杜门一年。

任熊作《梅花锦鸡图》，署"啸麓仁兄大雅正，庚戌长至后，萧山弟任熊"。

7月，任熊作《人物图》，署"时庚戌新秋仿陈老莲意，萧山任熊渭长甫作于大某山馆"。

8月，任熊作《册页二十帧》，署"道光庚戌岁八月，余客甬东，为酒邻道兄索画凡二十帧，灯下倚酒之作，不足为方家一哂也，萧山弟任熊"。

9月，任熊作《斗母圣像》，署"道光庚戌九月九日，萧山任熊渭长甫薰沐敬写"。

任熊作《拾花图》，署"拾花片铺成情字被东风吹散，庚戌秋日写似玉人仁兄大雅正是萧山弟任熊"。

11月，任熊作《山水图》，署"庚戌冬十有一月任熊渭长父"。

高邕生，字邕之。仁和人，寓上海。曾官江苏县丞。

○ 1851年 1月11日，洪秀全在广西金田起义，建立太平天国。

冬月，周闲自楚还，任熊复来范湖草堂。初识秀水张熊（子祥），过访之，作《梅花灯烛图》。

○ 1852年 任伯年13岁。接受父任鹤声画人像训练。

春，任熊作《饲马图》，署"壬子春日作于龙山吟馆，渭长任熊"。

6月，任熊与周闲赴苏州，游灵岩、虎丘。期间曾"一至沪渎，有大腹贾欲以千金交欢，不乐其请，拒之而去"。

8月，任熊作《芭蕉秋菊图》，署"壬子秋八月，萧山渭长任熊写于大梅山馆"。

任熊作《三星图》，署"咸丰二载秋八月，永兴任熊渭长甫画"。

冬月，任熊作《王母下云图》，署"王母昼下云旗飜，壬子冬日写得杜工部诗意十二橙（帧），渭长任熊"。

任熊在苏州，与黄鞠、韦光黻、杨韫华等书画家在华阳道院，结书画之社于蓬莱阁，熊为社长，作《蓬莱阁雅集图》。吴中人求任熊画者，持金币，踵相接。画社中有山西介休名士、画家刘磐（文启）者，年老体衰，不幸身亡。遗留一女，已届及笄之年。黄鞠遂作媒，礼聘刘氏孤女为任熊妻，合卺于妇家。

何研北（1852—1928）生。名煜，上海人。先师胡远、任颐，后师朱偁。

○ 1853年 3月19日，太平军攻占南京，改名天京。

9月5日，江苏青浦周立春起义。周闲围剿周立春有功，得蓝翎。

9月7日，上海小刀会刘丽川起义，占领上海县。

9月，曾国藩往衡州练湘军。

2月，任熊复来吴，携妇刘氏归萧山。

任熊作《人物图》，署"法吴道子真本，咸丰癸丑清和月二十有五日，渭长任熊"。

6月，任熊作《雄鸡图》，署"咸丰癸丑六月二十有六日，渭长任熊写"。

7月，任熊作《人物四条屏》，署"癸丑秋七月，萧山任熊渭长甫作"。

8月，任熊作《麻姑献寿图》，署"咸丰三载秋八月，渭长任熊画"。

9月，任熊作《无量寿佛图》，署"癸丑重阳前三日，任熊渭长"。另有款"无量寿佛，陆母许夫人六秩大庆，潘承章敬祝"。

任熊作《花卉四条屏》，署"癸丑重阳前一日，任熊渭长画于不舍"。

10月，任熊至沪作《薰笼图》。

任预生，字立凡。任熊长子。

○ 1854年　2月25日，曾国藩率湘军自衡州北上抗击太平军。

杨伯润（1837—1911）来沪。名佩甫，号茶禅，又号南湖外史。浙江秀水人。曾任豫园书画善会会长。工诗文、善书画。

任伯年15岁。余杭、硖石灯会盛行，据传任伯年为其画过灯片。

任熊32岁。至吴，与沙馥（山春）订交，并收其弟沙英（子春）为弟子。偕英同游金山、焦山等名胜。又收潘椒石为弟子。

春，任熊作图，蔡照初镌版，印行《列仙酒牌》48幅问世。

1月，任熊作《富春山图》，署"乍闻人说富春山，对峙奇峰一水间。便展溪藤传写得，自然粉本接荆关。甲寅春正月渭长任熊并句"。

12月，任熊作《花卉四条屏》，署"小云一兄先生大雅，甲寅冬十二月望后二日，任熊渭长"。

○ 1855年　2月17日（春节），刘丽川遇害，上海小刀会失败。

任熊33岁。夏月，应周闲之邀，与陈埙再游京口。驻焦山总帅周士法、副帅雷以缄待之以上宾。之后又去向荣幕绘制地图，呈立体之状。在向荣处住数月之久，为周闲画《范湖草堂图》卷，长二丈，称杰构。9月还吴，与黄鞠等游。12月归萧山，杜门一载。

3月，任熊作《仕女图》，署"咸丰乙卯清明第三日渭长任熊摹章侯本于碧山馆"。

5月，任熊作《麻姑献寿图》，署"咸丰乙卯五月渭长任熊"。

秋，任熊作《桐荫吹笛图》，署"……乙卯秋日抚周东邨，樵斋仁兄大人正之，弟燮"（姚梅伯代题）。

10 月，任熊作《四红（美）图》，署"时乙卯十月下旬永兴任熊渭长"。

倪田（1855—1919）生，字墨耕，号壁月盦主。扬州人。

○ 1856 年　9 月 1 日，太平天国发生内讧，石达开分裂出走。

10 月 23 日，英海军挑起第二次鸦片战争。

4 月，任熊作《丁蓝叔像》，署"任熊渭长丙辰四月画于大碧山馆"。另有伊念曾、蒋坦、高野侯题赞。

6 月，任熊作《木公金母图》，署"丙辰夏六月本陈章侯画木公金母为虚翁老伯大人六十寿，世侄任熊渭长九顿"。

7 月，任熊作《书翰图》，署"丙辰七月秒，任熊渭长"。

9 月，任熊作《临陈字人物》轴，署"丙辰九月中旬临陈无名本，为莲汀先生大教，永兴弟任熊渭长甫"。

任熊作《人物图》，署"丙辰九月中旬为莲汀先生大教，弟任熊渭长"。

任熊 34 岁。在萧山杜门不出，创作了《列仙酒牌》《剑侠传》《于越先贤传》。又作《十万图》册、《丁兰叔参军三十岁小像》，重九作《黄菊酒蟹图》等。作《自画像》，并题"十二时长调"一阕。

任薰 22 岁，在萧山。

任伯年 17 岁，在萧山。

任昭容生，任熊女。据传亦善画花卉，颇得南田遗韵。

○ 1857 年　12 月，英法联军占领广州，对广州实行殖民统治。

5 月，任熊作《秋林共话图》，署"秋林共话图，师章侯画为蓉台表兄大教，丁巳夏仲弟任熊渭长"。

任熊作《湖石仕女图》，署"咸丰丁巳夏五月二十有一日，渭长写"。

任熊作《松下丈人图》，署"咸丰丁巳岁五月画松下丈人，任熊渭长甫"。

4 月，任熊次子立塽生。

任熊 35 岁。在萧山，画《高士传》，仅完成 26 幅，尚缺"披衣""颜子"两图。

任熊因积劳成疾，罹患瘵疾，扶病作《山水图》等。8 月，周闲过萧山。9 月，周闲复来同游湘云寺。晚过曹氏茸仓堂饮。送别周闲后，任熊病情转剧，伏枕不起。10 月疾大作，初七日（萧山《任氏家乘》作"八日"）吐血盈盆而卒。亡后，家贫无以为葬。苏州杨韫华、韦光黻闻讯，倾资

任熊图集

斗母圣像　任熊

月下仕女图　任熊

人物故事图　任熊

麻姑献寿图　任熊

麻姑献寿　任熊

仙山楼阁图　任熊

山鬼图　任熊

仙台游乐图　任熊

大梅诗意（采菱）图　任熊

大梅诗意（芙蓉江天开绣衾）图　任熊

十万（万点青莲）图　任熊

十万（万笏朝天）图　任熊

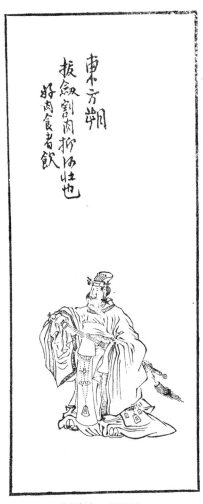

东方朔　拔剑割肉　抑何壮也
好肉食者饮　（喜欢吃肉的人喝酒）
东方朔，西汉时人，字曼倩。性诙谐。汉武帝
时，官侍中，常借滑稽之谈，寄寓讽谏之意。
"拔剑割肉"，见《汉书·东方朔传》

老　子　玄玄　道德五千言　不言药　不言仙
不言白日升青天
寿者饮　（年岁最高的人饮酒）
老子，姓李名耳、字伯阳，谥曰聃。周朝守藏
室之史。相传著有道德经五千言。《史记·老
子传》说他"百六十余岁，或言二百岁"。

列仙酒牌两幅　任熊

列仙酒牌　任熊

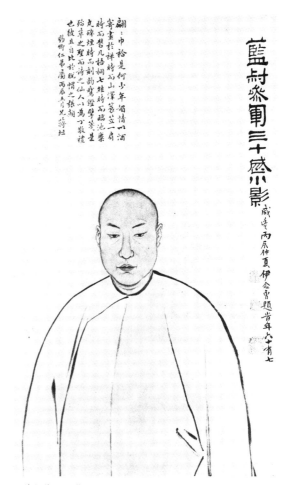

丁蓝叔像　任熊

平湖秋思　任熊

瓶花图　任熊

小桃谢后燕子来　任熊

金丝桃小鸟图　任熊

助其丧，未尝少惜。吴越之民闻任熊死，皆叹惜不已。

任熊所画《列仙酒牌》《剑侠传》《于越先贤传》《高士传》，由其叔任淇（竹君）题签、同郡王锡龄（啸篁）作序并出资、蔡照初（容庄）镌版刊行出版，得以流传于世（未竟之作，由沙子春完成之，能尽师法）。

任薰 23 岁，在萧山。

任颐 18 岁，在萧山。

任预 5 岁，在萧山。

○ 1858 年　8 月，天王洪秀全起用新人，任命陈玉成为前军主将、李秀成为后军主将、李世贤为左军主将、韦志俊为右军主将、蒙得恩为中军主将。

任薰 24 岁，在萧山。

任颐 19 岁，在萧山。

任预 6 岁，在萧山。

○ 1859 年　4 月 22 日，天王弟洪仁玕，辗转来到天京，天王大喜，立封福爵。

5 月 11 日，天王改封洪仁玕为开朝精忠军师顶天扶朝纲干王，总理朝政。

9 月，清廷令曾国藩改行图皖。12 月，曾国藩统军驻安徽宿松县。

胡远 37 岁。

虚谷 36 岁。

赵之谦 31 岁。是年中举。时游沪滨，墨迹流传，人争宝之。

吴友如在苏州，业医。

吴俊 16 岁。在安吉鄣吴村，读经史诗词，兼学篆刻。不慎伤及左手无名指，因无药医，烂去半节。

任薰 25 岁，在萧山。

任颐 20 岁，在萧山。

任预 7 岁，在萧山。

○ 1860 年　1 月 28 日，忠王李秀成自浦口至芜湖调兵奇袭杭州。太平军路经鄣吴村时，村民仓皇出逃。吴辛甲亦带领家眷逃往山中，途中吴昌硕（17 岁）和父亲不幸被冲散，只得独身逃亡。其弟死于疫，其妹死于饥。昌硕藏匿山野中，以野果、草根、树皮充饥，幸免饿毙。因食无盐，全身浮肿，幸遇一老者可怜之，饲以盐方救一命。期间辗转外乡，曾被一宋姓农家收留打杂工，糊口度日。

3月19日，李秀成军攻占杭州。

3月24日，江南大营接清廷令，统军驰救，来到杭州城下。李秀成见"分兵之计"已售，整军撤离杭州，回援天京，清军江南大营被破。一江之隔的萧山幸免涂炭，民众始安。

9月16日，太平军定南主将黄文金兵占常熟县。天主教士刘屺思率子、17岁的刘必振（德斋），逃往上海徐家汇天主教大教堂。

10月，外国联军占领北京，清廷被迫签订《北京条约》，第二次鸦片战争结束。

吴友如"避难沪上，始从事丹青"。

○ 1861年 8月22日，咸丰帝薨，载淳继位，改元同治。慈禧太后发动宫廷政变，两宫太后"垂帘听政"。

10月13日，李秀成于严州城外约请李世贤会商，制订两军图浙计划。商定一路由忠王率军经桐庐、富阳直取杭州；一路由侍王统兵，经诸暨至嵊县，再兵分两路，南北夹击宁波。

任淞云发妻病故，安葬家乡任家溇后，命儿子任伯年在家留守。任淞云见时局动乱，打算去诸暨包村避难。

李秀成攻占余杭后，26日派遣部下认天义陆顺德从富阳和尚店渡江攻占了临浦镇，即将攻打萧山。

任淞云连夜逃回任家溇家中。任薰等人亦携带家人藏匿山野之中以避兵难。

10月27日，太平军陆顺德攻克萧山县。李秀成又派遣养子忠二殿下李容发、李容椿增援陆顺德。

任淞云回到家中，当机立断，决定儿子先行去包村，自己处理完家产后，再去包村和儿子相聚。

任伯年大约于10月28、29，即告别父亲，只身经党山、马山至陶堰，翻过陶隐岭古道，打算南下去包村。

10月29日，太平军进天义范汝增派遣兵员至陶隐岭一带抓民夫征粮草，宝天义黄呈忠派遣兵员至上谷岭一带征粮抓夫。

11月1日，陆顺德攻克绍兴。

正当任伯年匆忙翻过陶隐岭直下王坛镇时，被太平军抓获，带往太平军营垒。"大酉（范汝增）"把任伯年派往仪仗队当了一名旗手。

11 月 9 日，太平军攻占嵊县，然后兵分两路：一路为范汝增率兵走山路，由新昌经奉化、鄞县至宁波南门；一路为黄呈忠统军走水路，船行从上虞经余姚、慈溪、镇海抵达宁波北门。

12 月 9 日，范汝增、黄呈忠南北夹击，一举攻克宁波。

是年冬大雪，雪深数尺，摧树压屋，港湾断流，路无人迹。任伯年扛旗跟随范汝增太平军行军。夜间双手拥抱旗杆，露宿野外。天寒地冻加之衣单，任伯年罹患了哮喘之疾。

11 月初，任淞云去诸暨避难至女甥家，得女甥夫指路去包村，夜行间不辨道路，倒毙沟壑中。女甥夫闻讯找到其尸，时包村已被太平军围困，无奈之下，只得把烟具插在尸体旁为志，以待日后处理。

○ 1862 年　太平军驻守宁波至是年 5 月 10 日，宁波城墙被江中外国兵舰发射炮弹轰塌。清兵和洋枪队蜂拥入城，和太平军展开激烈巷战。战至傍晚，太平军不支，兵败弃城而走。

在兵败逃亡的慌乱中，任伯年诡装中弹倒地不起。大兵过后，脱离了太平军的任伯年趁着夜色，摸索着欲去包村寻父。

1861 年 11 月以来，太平军陆顺德部守军围困包村数月，调来工兵，开挖地道，直通包村祠堂地下。

7 月 27 日，地道成，塞填火药，一声轰鸣，祠堂飞上了天。包村顿时大乱，太平军乘机掩杀，斩杀包立身，全村老幼及避难者 10 余万人死于此役，从村后马面山逃逸者仅 40 余人。

包村难平后，任伯年在堂姐夫的帮助下，找到身旁插有烟具的枯骨（已死 8 个月之久）。翻开衣服后竟找到一包金银首饰，伯年认得是自己家中物，此必父亲尸体无疑了。任伯年谢过堂姐夫一家，携父尸骨归葬家乡任家溇祖茔，尽了人子之责。

是年，"萍花社画会"在上海西关帝庙成立，名士 24 人一时并集，均为海上著名书画家，如周闲、朱熊、朱偁、余少甫、顾梦芗等。是年秋，58 岁之姚燮也"因饥驱复飘蓬莱游沪渎"。

余礼（1862—1922）生，字达夫，号随庵。山阴人，任伯年高弟。

○ 1863 年　3 月 20 日，浙江萧山太平军退往杭州。

至此，任伯年方敢出家活动。任伯年又来到萧山，曾向好友任晋谦学习篆刻。6 月，任晋谦为其刻"任润"白文印，边款曰："曩余与弟书一石，弟自刻之甚佳。今将赴申出此索笔，且谓自制一石已磨坏矣。

小楼，小楼岂余所篆者，必欲余刻耶？卿何自待之薄，而待余之厚耶？然弟之学进矣。癸亥六月为小楼弟作，牧父兄晋谦。"

任伯年于六七月间只身赴上海，携带"任润"印，欲为人画像换米生活。在上海街头邂逅常州阳湖县青年许铺（子振）。许铺工山水，通岐黄，因同是难后天涯沦落人，觅食沪渎，天天结伴而行，遂成莫逆之交。

任薰29岁，亦避难在外，始归萧山。

张熊子祥（1803—1886），年61岁，号鸳湖外史，秀水人。寓居上海鬻画为生，名播沪上。富收藏，斋名"银藤花馆"。

齐璜白石（1863—1957）生，湖南湘潭人。木匠出身，善画。

5月，任熊发妻刘氏亡（30岁）。是时，子任预11岁、女昭容9岁、次子任立墉8岁。失怙，皆由二叔任薰抚养。

○ 1864年　7月19日，曾国荃湘军攻破天京，太平天国运动失败。

春月，任伯年从上海告别好友许铺，"铩羽而归"回到萧山，得拜任薰为师，下海习画。学习双勾填彩人物、花鸟画。下半年，任薰带领徒弟任伯年买舟东去明州，开始了漂泊在外、鬻画为生的路途。

9月15日（农历八月十五日），吴辛甲、吴昌硕父子回乡。全家九人避兵乱而出，劫后仅余父子两人相依为命。

大梅山馆姚梅伯卒，年60岁。

（编者注：任薰、任预绘画作品无纪年者不录。以下所录无特注明作者的画，均为任伯年所作）

○ 1865年　任薰带领任伯年在宁波鬻画。

任伯年画《玉楼人醉杏花天》，是其存世最早之作品。又作《梅花仕女图》《人物仕女图》，署"山阴任润小楼"款。作《稻熟鹌鹑图》团扇。秋月，客镇海方樵畲家。"襆被投止"之时即注意老主人的神态，辞别方家时，为老主人画背面像，见者皆谓之神似。在宁波作《仿老莲人物仕女图》，署"乙丑岁山阴任润小楼写于甬江客次"款，钤"山阴任润次远甫印信"朱文印。

任薰31岁，在宁波鬻画，并辅导任伯年习画。

吴昌硕22岁，是年秋补考庚申科秀才，入泮。

黄宾虹（1865—1955）生，名质。歙县人。工山水，对画论、画史深有研究。

○ 1866年　春月，客居镇海姚小复家。其父姚梅伯已逝。姚小复接待任薰、任伯年师生两人。应姚小复之请为其作《小夹江话别图》，款曰："丙寅年春客甬东，同万个亭长游镇西之芦江，卸装数日，适宗叔舜琴偕姚君小复亦来，谭（谈）心数天颇为合意。小复兄邀我过真山馆，（盛）情款待，出素纸索我作话别图，爱仿唐小李将军法以应。然笔墨疏弱，谅不足当，方家一笑也。弟任颐并记于大梅山馆之琴咏楼中。"是幅作品为任伯年改字"润"为"颐"之始，以后作品均弃"任润"而不写。

姚小复取出任熊《大梅山民诗意图》120 帧原作，由任伯年临摹。在任薰的指导下，任伯年反复临写揣摩，尽得陈老莲一派笔意，画艺精进。

12 月，作《二十四孝图》，款曰："丙寅岁山阴任颐小楼写于甬江客次。"每幅作品，有其子任堇观后题字。

○ 1867年　春月，任伯年与延庵同游杭州，作《紫阳纪游图》，署"同治丁卯春正月与延庵兄同游武林"。

春月，在二雨草堂作《灵石旅舍图》（风尘三侠），署"丁卯春日写奉波香仁兄大人鉴之，小楼任颐效萧尺木法"。波香，叶金绒，溪上人。

春二月，一至绍兴，作《孔雀牡丹图》，署"鹤年四兄大人雅属即求教正，同治丁卯仲春上浣，小楼任颐作于青藤书屋"。

春仲，任薰作《三老图》，署"同治丁卯仲春阜长任薰写于古香留月山房"。

秋月，周闲来甬会老友任薰，又结识了新朋友任伯年，相见恨晚。任伯年为周闲画《范湖居士四十八岁小像》，画周闲戴笠持杖而立。上有周闲居士自赞，吴儁题款，多人题赞。

9 月，与老师任薰合作《松鹤芝石图》，款识"同治丁卯岁秋暮萧山任薰阜长写黄石紫芝，任颐小楼写赤松玄鹤"，钤"任氏小楼"朱文印、"任薰印"白文印。

王一亭（1867—1939）生，名震，号白龙山人。湖州人。早年画宗任伯年，后宗七道人（曾衍东）法，自成一格。王震系海上闻人，与黄金荣、杜月笙等人齐名。

○ 1868年　2月，作《斗梅图》，署"戊辰春二月为椒苏丈先生临小莲斗梅图奉赠，任颐"。

3 月，作《东津话别图》，自署"客游甬上已阅四年，万丈个亭及朵峰诸君子，一见均如旧识。宵簟灯，雨戴笠，琴歌酒赋，探胜寻幽，相赏无虚日。江山之助，友生之乐，斯游洵不负矣。兹将随叔阜长囊笔游金间，廉始亦计偕北上，行有日矣。朵峰抱江淹赋别之悲，触王粲登楼之思，爰写此图，以志星萍之感。同治七年二月花朝后十日（3月18日），山阴任颐次远甫倚装画并记于甘溪寓次"，钤"任颐长寿"白文印。赵时㭎题引首、蒲华作英、吕万万年题赞。

3月，随师任薰至苏州。经任薰介绍，结识胡远、沙馥、姜石农等画家。

6月，作《伯英四十小像图》。

7月，为畊荪作《金鱼图》团扇。

10月，作《任阜长像》，署"阜长二叔命画，即求正之。戊辰冬十月同客苏台，颐"。

10月，又作《沙馥三十九岁小像》，署"同治戊辰孟冬，任颐伯年写于苏台寓斋"。是幅改"次远"字为"伯年"之首幅作品。

冬月，作《佩秋夫人三十八小象》（胡远代题，原字如此）、《横云山民行乞图》，均由胡远代题。

11月，任伯年拜师任薰学艺已届4年满师，即将单飞。正踌躇间，胡远即修书一封，推介任伯年去沪上古香室笺扇店，安设画案、坐堂售画。胡远乃沪上名家，礼聘钱庄顾问。古香室经理爽快地接纳了任伯年，任伯年第二次来到了上海。

鉴于任伯年之女任霞生于1870年，推算下来，任伯年当于1868至1869年间在苏州之时，娶了桐城名宦陆立甫之女、寿州知州陆书城之妹陆氏为妻。

11月，任伯年刚到上海，即画了《悟生出尘图》，署"出尘图为悟生二兄属，戊辰冬任颐"。

冬月，作《陈允生小像》，署"同治戊辰冬伯年写于上海寓斋"。

○ 1869年　任伯年在上海，迁于胡远对门而居，时时可聆听胡公之教诲也。取斋名"倚鹤轩"，盖胡远斋名"寄鹤轩"，似有倚仗胡公之意。任伯年每称胡远为胡先生，盖深知胡远对己有知遇之恩也。

3月，为陈嗜梅作《陈㧑像》蓝绫金笔团扇，游丝描极为精细，署"嗜梅老伯大人教之，同治己巳春三月伯年写于沪"。

5月，为子春作《焚香告天图》（临任熊本）。

11月，为耔云作《仙石图》蓝绫金笔双勾扇。

12月，作《淞云先生遗像》，请胡远代题补景并署"淞云先生遗像，同治己巳嘉平，先生令任柏年兄写真，属华亭胡公寿补树石并记"。此像似任伯年曾梦见先父托梦与己画像，并属伯年务必请胡远补树石并题款事。

任伯年初至上海极不得志，只好去隔壁春风得意楼品茗枯坐。楼下设有羊圈，任伯年以观羊为乐，尽得其走骇眠食之态。任伯年居所，床上睡人，床下为鸡舍，每日观其啄饮斗飞，尽得其态。后画鸡，皆栩栩欲活，跃然纸上。

任薰 35 岁，在苏州。作有《杂画册》等。

吴昌硕 26 岁，负笈杭州，就学于诂经精舍，从名儒俞曲园习儒学及词章。

〇 1870 年　2 月，作《咏之先生像》，"同治二月，任伯年补图"，虚谷画人物，任伯年补成。此系与画僧虚谷订交之始。是年虚谷 50 岁，任颐 31 岁。

4 月，作《九字篆书》对联，署"幸有两眼明多交益友，苦无十年暇熟读奇书。同治庚午夏四月，任颐伯年于沪城"。

5 月，任薰作《紫藤飞燕图》，署"同治庚午夏五月为洵琴大人雅鉴，阜长任薰"。

6 月，作《仿大涤子山水》，署"同治庚午夏六月效大涤子法，伯年任颐"。

12 月，作《诗堂先生迎宾图》，署"诗堂先生迎宾图，伯年任颐写，时庚午嘉平"。

是年，作《唐太宗问字图》，署"青溪道长章敬夫先生属图，山阴弟任颐"，是收藏家章敬夫约请任伯年作画之始。

是年曾到湖州，作《人物图》扇面多幅，其中一幅署"馨山仁大兄之教，同治庚午伯年写于吴兴寓斋"。

任霞（1870—1920）生，字雨华。伯年长女。陆夫人始来上海居住，相夫教子（女）。

是年前后，任预跟随二叔任薰习画，时亦问道于任颐。

〇 1871 年　4 月，任预作《钟馗图》，署"同治辛未夏四月，任预立凡写"。

7 月，任预作《仕女图》，署"瘦影自怜春水照，同治辛未秋初为奉颖伯谱兄大人正，弟预立凡仿新罗笔法于萧然小芙蓉城"。

9月，作《瓜禽图》，署"同治辛未秋杪摹宋人本，伯年任颐"。

作《孔雀芭蕉图》，署"崇轩先生清鉴，辛未秋杪伯年任颐写于黄歇浦上"。

任预作《金明斋小像图》，署"明斋老世伯大人四十岁小像，同治辛未重九前一日，萧山任预立凡"。

11月，作《祝寿图》，署"同治辛未仲冬，任颐写于黄歇浦上之碧梧书屋"。

○ 1872年　正月作《无量寿佛图》，署"壬申正月七日写无量寿佛第一躯，伯年任颐"。

3月，作《鹦鹉图》，署"阜长二叔大人训正，壬申春杪伯年侄颐"。

3月，任薰作《岁朝清供图》横披，署"同治壬申花朝，阜长任薰写于吴门寓斋"。

任预作《桐荫仕女图》，署"时同治壬申三月立夏前三日背拟松壶居士大意，任预立凡"。

5月，作《钟馗图》，署"同治壬申五月五日，伯年任颐写于春申江上"。

作《钟馗图》，署"同治壬申夏五月，任颐写"。

任薰作《人物四条屏》，署"壬申夏仲，萧山任薰阜长谨绘"。

夏仲，任薰作《人物故事屏》四本，署"丙申夏仲萧山任薰阜长谨绘"。

任薰作《米颠拜石图》，署"同治壬申，阜长任薰于吴门客舍"。

11月，作《礼佛图》，署"同治壬申仲冬伯年任颐写于黄歇浦上"。

作《献瑞图》，署"同治壬申冬仲伯年任颐写于黄歇浦上"。

6月，作《蕉林逭暑图》，署"子祥先生七十岁小像，壬申六月陈彭嘉题"、"任伯年写"。是图使张熊感到后生可畏，任伯年前途不可限量。自此以后，张熊扬誉任伯年不遗余力，沪上画坛遂知有任伯年也。不数年，任伯年名声鹊起，风靡沪渎。

○ 1873年　2月，作《松鹤寿柏图》，署"同治癸酉春仲敏斋方伯大人为太夫人八秩称觞，吴朴堂学博属绘此图奉祝上寿并以志莱衣之庆。萧山伯年任颐画并记"。

6月，作《扇面书法》，署"利川仁兄大人属，癸酉荷月伯年任颐"。

7月，作《三思图》，署"同治癸酉新秋伯年任颐写于海上客次"。

10月，作《爱莲图》，署"同治癸酉冬十月伯年任颐写于沪上客次"。

11月，任薰作《茹叶蜻蜓图》，署"癸酉冬十一月萧山任薰阜长写于苏台寓次"。

作《葛仲华二十七岁小像》，署"葛仲华二十七岁小像，任伯年写"。葛仲华，字惟英。慈溪人。上有胡远等人题赞。

○ 1874年　正月初七，任薰作《花鸟画四条屏》，署"伯年侄台雅属，同治甲戌人日，阜长写于苏台寓次"。

春仲，任薰作《花鸟画四条屏》，署"同治甲戌春仲，萧山任薰阜长写于吴门寓次"。

任薰作《花鸟四条屏》，署"同治甲戌春仲，萧山任薰阜长写于吴门寓次"。

4月，作《富贵有余图》，署"同治甲戌首夏，伯年任颐写于黄歇浦上客斋"。

5月，作《三星图》，署"同治甲戌仲夏，伯年任颐写"。

任薰作《松鹤图》，署"甲戌夏仲阜长任薰写于吴门寓次"。

作《钟馗图》，署"同治甲戌五月五日午时，伯年任颐写于黄歇浦上寓斋"。

6月，作《三羊开泰》，署"同治甲戌夏六月上浣，伯年任颐写于沪"。

8月，作《女仙图》，署"同治甲戌中秋前二日，伯年任颐写于春申浦上"。

任薰作《华天跨蝶图卷》，署"甲戌秋八月为艮菴先生补图，萧山任薰阜长写"。

作《紫藤春燕》，署"同治甲戌秋八月上浣伯年任颐写于春申浦上客次"。

作《苏武牧羊》，署"同治甲戌仲秋，伯年任颐写于春申浦上客次"。

作《胡题任画》四条屏，署"同治癸酉秋仲伯年任颐写于沪上寓斋，同治甲戌八月胡公寿录于上海"。

孟冬，任薰作《熊鹰图》，署"甲戌孟冬，阜长任薰写于恰受轩"。

11月，任薰作《名士图四条屏》，署"同治甲戌冬十一月阜长任薰写于苏台寓次"。

任薰作《白梅寿带图》，署"同治甲戌仲冬阜长任薰"。

12月，作《玉簪一笔石图》，任画胡题："荫生仁兄属，公寿写一笔石并请柏年补折枝，甲戌大寒后一日。"

○ 1875 年　2 月，作《水仙竹鸡图》，署"光绪纪元春仲，伯年任颐写于沪上客次"。

3 月，作《花鸟图册》八开，署"光绪乙亥春暮，伯年任颐写于海上"。

5 月，任薰作《花鸟长卷》，署"乙亥夏五月萧山任薰阜长写于恰受轩"。

6 月，作《松鹤延龄龄》，署"光绪建元夏六月上浣，伯年任颐写于海上客次"。

夏日，作《双鸽图》，署"辉山仁兄大人雅属即正，乙亥夏日伯年任颐写于沪"。

夏日，作《牡丹图》，署"光绪元年岁在乙亥夏日，伯年任颐写于海上客次"。

10 月，任薰作《桐荫飞鸟图》，署"乙亥孟冬，阜长任薰写于吴门寓次"。

作《帝王图》，署"光绪纪元伯年任颐"。

○ 1876 年　元旦，任薰作《松鹤图》，署"丙子元旦，阜长任薰写于恰受轩"。

2 月，任薰作《簪花进爵图》，署"丙子春仲阜长任薰写于恰受轩"。

4 月，作《秋园双鸡图》，署"荫甫仁兄大人雅属即正，丙子仲夏，伯年任颐写于春申浦上"。

6 月，作《松鹤图》，署"水芗大兄大人五十寿，光绪丙子仲夏，伯年任颐写祝"。

7 月，作《秋山策杖图》，署"初屏仁兄大人雅属，光绪丙子新秋，伯年任颐写于海上客次"。

作《魁星图》，署"青拜庐主供奉，光绪二年七月甲子金魁日，任颐敬绘"。

作《支遁爱马图》，署"铭常仁五兄大人雅属即请正之，光绪丙子新秋，伯年任颐写于海上客次"。

作《神婴图》，署"仿桃花庵主神婴图为（姜）石农老兄令孙写，伯年任颐"。

冬月，任薰作《人像图》轴，署"丙子冬杪，阜长任薰写"。

任薰作《罗汉图》，署"丙子冬月阜长任薰写于恰受轩"。

○ 1877 年　正月，作《饭石先生像》，署"饭石先生五十小象（像），光绪三年正月，伯年任颐"。

作《以诚肖像》，署"以诚仁兄先生五十一岁小像，光绪丁丑正月，山阴伯年任颐"。

2月，作《仲英五十六岁小像》，署"仲英先生五十六岁小象（像），光绪三年春二月，山阴任颐"。

春月作《石农先生小像》，署"（姜）石农先生小象（像），光绪丁丑春任颐"。

5月，作《泼墨钟馗图》，署"光绪丁丑仲夏，伯年任颐写于海上客次"。

9月，作《冯畊山肖像》，署"光绪丁丑九月望日，伯年任颐写"。

10月，作《松石双鹤图》，署"光绪丁丑孟冬之吉，伯年任颐写于春申浦"。

秋月，作《人物图》，署"光绪丁丑，伯年任颐写于春申浦上之青桐轩"。

作《高邕之肖像》，署"邕之先生二十八岁小象（像），伯年写照公寿补图福厂题"。

7月，作《屏开金孔雀》，署"屏开金孔雀，丁丑新秋，伯年任颐"。（此图共计有正本、副本两张，系任伯年自揭为二。）

又作《丹桂五枝芳》，署"丹桂五枝芳，光绪丁丑新秋，伯年任颐"。（此图亦有正、副本两张，亦系自揭为二）

又作《焚香祝天》，署"焚香祝天，丁丑秋仲伯年任颐"。（此图亦有正、副本两张，亦系自揭为二。）

又作《桐下传餐图》，署"光绪丁丑新秋，伯年任颐写于春申江上"。（虽未见副本，想必亦有两张，自揭而成。以上系四条屏组画，均一揭为二。加上丙戌（1886）发现的自揭为二的册页画，可以得知，任伯年把画自揭为二，分别题款的画作，不在少数。）

陈年（1877—1970）生，字半丁，又字静山。绍兴人。1894年随表叔吴隐至上海，受到任伯年、吴昌硕、蒲华等名家教诲。中华人民共和国成立后，曾任北京中国画院副院长。

○ 1878年　元日，作《钟馗图》，署"光绪戊寅元旦，写终南进士躬际盛世庇福降祥之意，伯年任颐记于沪上寓斋"。

1月，作《石农小像》，署"光绪三年正月为（姜）石农良友五十寿，伯年任颐"。

5月，作《钟进士斩狐图》，署"光绪戊寅夏五月，伯年任颐写于沪上"。

作《观潮图》元光片，署"光绪戊寅仲夏为少卿仁兄大人雅属希正，伯年任颐写于春申浦上寓次"。

作《钟馗捉鬼图》，署"光绪戊寅夏五月，伯年任颐写于沪上寓斋"。

任预作《天中节图》，署"光绪四年五月即日午时漫拟白云外史天中节景数种未知鉴者谓何如耳萧山立凡任预"。

任薰作《大富贵亦寿考》，署"戊寅夏日阜长任薰"。

7月，作《风尘三侠图》，署"光绪戊寅七月望后，伯年任颐写于海上客斋"。

作《钟馗饲虎图》，署"光绪戊寅仲夏为少卿仁兄大人雅属即希正，伯年任颐写于春申浦上寓次"（吴少卿后继娶任霞为妻，成为任颐婿）。

8月，作《鹤寿图》，署"光绪戊寅八月吉日，伯年任颐写于且住之（室）北窗下"。

作《枇杷山鸡图》，署"光绪戊寅仲秋吉日，伯年任颐写于海上青桐书屋"。

9月，作《吴淦像》，署"鞠谭先生五十二岁小景，光绪戊寅九月山阴任颐伯年写于海上寓斋"。

任薰作《双勾花卉图》，署"戊寅九秋阜长任薰写"。

10月，作《江干送别图》，署"子振仁兄自兵燹时避近于申浦，迄今十有四年。素志颇洽，相契益深。今挈眷之楚南，彼此有祖道依依之感，爰作《江干送别图》，以志判袂。岁在光绪戊寅十月中浣，伯年任颐"。这是唯一可证明1863年6月，任伯年首次去上海的文献资料，弥足珍贵。

是年又作《春江渔父图》，署"筱庭仁兄大人鉴，戊寅任颐"。

又作《群仙祝寿图》十二条通景屏。

又作《渔樵耕读》四条屏。其一署"读书秋树根，戊寅除夜剪烛，伯年任颐"。

○ 1879年　1月，作《松鹤图》，署"光绪己卯孟春之吉，伯年任颐"。

2月，作《授诗图》，署"光绪己卯仲春吉日，山阴任颐写"。

任薰作《绥砚作书图》，署"子卿表弟大人雅赏己卯初春阜长任薰写于古香留月山房"。

春仲，任薰作《仿古画册》，署"己卯春仲，阜长任薰写唐宋八帧于古香留月山房"。

3月，作《荷塘鸳鸯图》，署"筱山仁兄观察大人之属似正，己卯上巳前三日，伯年任颐"。

春月，作《牡丹图》，署"静岩仁兄大人雅鉴即希正之，己卯春伯年任颐写于沪上客斋"。

作《藤竹水仙图》，署"岁在光绪己卯春初吉日，伯年任颐客海上作"。

作《羲之换鹅图》，署"子振仁兄有道之教，己卯闰三月山阴弟任颐写"。

作《张果老蓝采和图》，署"子振仁兄有道大教，己卯闰三月，山阴弟任颐写"。（以上两幅亦可证明和患难之交的许铺友情深厚）

4月，作《三雀图》，署"茂生仁兄大人雅属，己卯夏四月，山阴任伯年"。

5月，作《绥山鹤鹿图》，署"光绪己卯五月上浣，山阴伯年任颐写于春申浦"。

6月，作《兰鹿图》，署"光绪己卯炎暑甚酷挥汗为之，任颐伯年甫记于沪渎"。

7月，作《狸猫金鱼图》，署"梅生仁兄大人雅属即正，光绪己卯七月秋暑甚酷挥汗写之，任颐并记"。

作《碧桃鹦鹉图》，署"光绪己卯新秋写应三吾兄大人属正，山阴任颐伯年"。

9月，作《干将莫邪炼剑图》，署"光绪己卯秋九月吉日写应沚澜仁兄大人属即希教正，任颐伯年"。

作《广成子图》，署"悬崖一千仞，非仙不能止。中有隐几尝（者），疑是广成子。光绪己卯秋九月九，山阴任颐伯年写即祝自寿"。（是幅坐实了任伯年诞辰是道光二十年庚子农历九月初九日，公历1840年10月4日）

11月，作《枫猴图》，署"雪佳仁兄大人雅属即希正之，己卯冬十一月，任颐"。

12月，作《牡丹孔雀图》（朱砂底金笔），署"光绪己卯嘉平吉日，山阴任颐伯年甫写于沪上寓斋"。

作《风尘三侠图》，署"光绪己卯嘉平吉日山阴伯年任颐写于寿萱室"。

作《牡丹鹁鸽图》，署"光绪己卯嘉平上浣，伯年任颐写"。

冬月，作《补裘图》，署"子俊仁兄大人雅属，己卯冬月伯年任颐"。

○ 1880 年 2 月，作《五伦图》，署"光绪庚辰仲春之吉，山阴任颐伯年甫写于春申浦寓斋"。

作《张益三肖像》，署"光绪庚辰仲春似益三仁兄大人正之，山阴任颐伯年甫"。蒲华等多人题赞。

作《行旅图》，署"光绪庚辰仲春之吉，伯年任颐写于海上寓斋"。

作《风尘三侠图》，署"已山仁二兄大人同好之教，光绪庚辰仲春吉日，山阴任颐伯年甫"。

作《沈芦汀读画图》，署"芦汀仁兄属写即正，庚辰春仲，任伯年"。

3 月，作《无名肖像图》，署"光绪庚辰春三月吉日，山阴任伯年制"。

4 月，作《钟馗捉鬼图》，署"光绪庚辰夏四月，山阴任颐、伯年甫写于春申浦上寓斋"。

5 月，作《朱砂钟馗图》，署"光绪庚辰五月五日写终南进士像六帧，此其五也，任颐并记"。（一日作大幅钟馗图 6 幅，可见任伯年作画之勤，或其画订单之多也。）

6 月，作《牡丹孔雀图》，署"光绪庚辰荷月初吉，略师元人赋色，伯年任颐"。

作《停琴观泉图》，署"光绪庚辰荷月，山阴任颐伯年甫"。

作《天竹双猫图》，署"光绪庚辰仲夏写应介卿仁兄大人雅属希正，山阴弟颐伯年甫客春申浦时"。

作《五伦图》，署"晋卿仁兄先生大雅之属即希教正，光绪庚辰长至（仲夏）后三日，伯年任颐写于海上寓斋"。

三秋，作书法行书立轴，署"莲子习静于溪山，因向同社诸君子回时值三秋佳境，欲似诸公至秋香深院采菊赋诗以集三秋，乐事相与，庚辰任伯年"。

11 月，作《牡丹图》，署"光绪庚辰十一月望后二日，山阴任颐伯年写于海上客次"。

12 月，作《龙女牧羊图》，署"光绪庚辰嘉平初吉，伯年任颐写于申浦寓斋"。

作《苏武牧羊图》，署"光绪庚辰嘉平吉旦，山阴任颐伯年甫写于春申浦"。

是年作《华祝三多图》巨幅，署"华祝三多图，仰乔先生封翁大人开八荣庆，伯年任颐写"。

○ 1881 年 1 月，作《紫藤图》，署"光绪辛巳春王正月，山阴任颐伯年甫写于海上寓斋"。

作《长安古槐图》，署"唐时长安朱雀门大街古槐夹道成列想见下走朱轮上有栖鸾之胜，辛巳孟春之吉山阴任颐伯年甫作于海上"。

3 月，作《三羊开泰图》，署"颂棠仁兄先生属写即正，光绪辛巳三月初吉，伯年任颐客春申浦"。

作《牡丹双鸡图》，署"光绪辛巳三月上浣，山阴伯年任颐写于春申寓次"。

作《三星图》，署"光绪辛巳上巳，山阴任颐伯年写于春申浦上"。

4 月，任薰作《午日钟馗图》，署"辛巳四月阜长任薰写于恰受轩"。

任薰作《垂钓图》，署"辛巳夏四月上浣，阜长任薰写于吴门"。

7 月，作《清流濯足图》，署"山涧清且浅遇以濯吾足，光绪辛巳七月朔似应商霖仁大兄命，伯年任颐"。

作《羲之爱鹅图》，署"竹君仁兄大人雅属即请正之，辛巳孟秋伯年任颐写于春申浦上"。

8 月，作《菊蟹图》，署"熬峰仁三兄大人属似正，辛巳八月山阴任颐伯年"。其上有蒲华、吴俊等人题赞。

任薰作《童子岁朝图》，署"辛巳秋仲阜长任薰"。

9 月，作《渔父图》，署"光绪辛巳九月吉日，伯年任颐写时客春申浦"。

秋月，任预作《碧荫轩主人小像》，署"岁次辛巳秋，萧山任预立凡写照并图"。

10 月，作《芝兰双鹤》，署"光绪辛巳冬十月写应星辉仁五兄大人之属即请指正，山阴伯年任颐"。

作《紫藤狸猫图》，署"星辉仁兄先生正之，光绪辛巳冬十月，山阴伯年任颐"。

12 月，作《花鸟四条屏》，其一署"蒲塘秋艳，辛巳冬十二月法南田翁，伯年任颐并记"。

作《人物四条屏》，其一署"严先生钓富春之像，光绪辛巳嘉平雪窗炙砚，颐"。

作《仿老莲人物图》，署"光绪辛巳冬月法陈章侯，山阴任颐伯年"。

任预作《花鸟走兽四条屏》，署"岁次辛巳冬暮背拟宋人粉本萧山立凡任预"。

任堇（1881—1836）生，字堇叔。任伯年长子。原名光觐，字越隽，号嫩凉。"文章书法，卓绝千古。旁及绘事，浑穆古朴。"

○ 1882 年　1 月，作《芭蕉猫石图》，署"光绪壬午正月，伯年任颐写于海上寓次"。

2 月，任薰作《梅竹双清》横披，署"壬午春仲阜长任薰写于恰受轩"。

2 月，作《没骨花卉册十二开》，末册署"光绪壬午二月效元人没骨法写此十二帧于春申寓斋，伯年任颐记"。

3 月，作《枇杷鸡雏图》，署"冬心先生有此本略效其意，光绪壬午春三月，山阴伯年任颐"。

5 月，作《仕女戏婴图》，署"沐臣仁兄先生雅属即希正之，壬午五月朔，山阴任颐伯年甫写于春申浦上寓斋"。

作《泼墨钟馗图》，署"光绪壬午五月五日，山阴任颐伯年甫写于春申浦寓斋"。

6 月，作《人物故事四条屏》，其一署"景华仁大兄先生大雅属写岩（严）先生钓富春之图，壬午夏六月朔，任伯年并记"。

作《松鹤延年图》，署"鉴清仁兄大人大雅之属即乞教我，光绪壬午夏六月，山阴弟任颐伯年甫时客春申浦上"。

7 月，作《蕙兰图》（胡远、任颐合作），署"壬午大暑节，任伯年写蕙公寿补芝石并记"。

8 月，作《玩鸟人图》，署"光绪壬午八月朔，山阴任颐伯年甫"。

作《佛手葡萄》元光片，署"维鉴姻兄大人正之，光绪壬午秋八月同客海上作，任颐"。（维鉴系任颐连襟，详情待查。）

作《荷花蜻蜓》扇面，署"维鉴姻兄大人正之，光绪壬午秋八月同客海上作，任颐"。

作《梧桐双凤图》，署"光绪壬午八月，山阴任颐伯年甫写于海上"。

9 月，作《溪山观泉图》，署"光绪壬午秋九月朔，山阴任颐伯年写于海上"。

作《小红低唱我吹箫》，署"光绪壬午九月，山阴任颐"。

作《杂画卷四帧》，其一署"江南风味，壬午九秋写贻介南仁兄先生即正，山阴任颐"。

作《无量寿佛图》，署"无量寿佛，光绪壬午重九，山阴任颐写"。（疑为 43 岁自祝寿之作）

10月,作《桃实白头图》,署"壬午冬十月上浣写似干臣仁兄大人雅属,山阴任颐伯年甫"。

11月,作《米颠拜石图》,署"颟苏仁兄大人雅属即希正之,壬午仲冬,山阴任颐伯年甫"。

任薰作《窦燕山五枝芳》,署"壬午仲冬阜长任薰于恰受轩"。

12月,作《牡丹飞雀图》,署"壬午冬杪,山阴任颐伯年甫写于海上且住之室,画竟越五日寅初仁兄访余见而谬赏乃赠之,颐"。

〇 1883年 1月,作《雪中送炭图》,署"光绪癸未元日,试羊毫笔率尔,任颐"。

作《紫绶金章图》,署"惟愿取黄卷青灯及早换金章紫绶,光绪癸未元旦写,山阴任颐伯年甫"。

作《花鸟四条屏》,其一署"升桥仁兄大人雅属,癸未春王正月,山阴任颐伯年"。

作《黄卷青灯图》,署"看他黄卷青灯换得金章紫缓(绶),光绪癸未元旦写邮访山仁兄先生法家补壁,山阴弟颐"。

2月,作《关河一望萧索》,署"显廷仁兄先生雅属,光绪癸未二月,任颐"。

作《桃花燕鸭图》,署"育元仁二兄大人雅属,癸未春二月上浣,山阴任颐伯年甫"。

作《鹁鸽水仙图》,署"癸未二月上浣,山阴任颐伯年甫记"。

5月,作《桃实双燕图》,署"光绪癸未夏五月端阳前三日,山阴任颐伯年甫记于春申浦寓斋"。

6月,作《秋林觅句图》,署"秋林觅句访新罗山人,癸未六月,伯年挥汗"。

作《虎图》,署"光绪癸未夏六月廿又四日,山阴任颐伯年挥汗写"。

作"红杏在林,碧桃满树"书法对联,署"(吴)文询仁兄大人雅属,光绪癸未夏六月朔,伯年弟任颐"。(吴文询乃裱画师)

夏6月,任预作《秦封汉爵图》,署"岁次癸未夏六月十四日,立凡任预写"。

7月,作《白鹿三松图》,署"光绪癸未秋七月,山阴任颐伯年甫"。

8月,作《苏武牧羊图》,署"光绪癸未八月望后,山阴任颐伯年甫写于海上寓斋"。

任预作《人物图》，署"指点前程远，相期着一鞭，岁次癸未中秋前两日，萧山立凡任预写"。

9月，作《出游图》，署"翼之仁兄大人雅属即请教正，光绪癸未九月望后，山阴任颐伯年甫写"。

秋月，任预作《无量寿佛》，署"癸未秋月任预写"。

10月，作《赵啸云像》，署"啸云老伯大人像，光绪癸未十月，伯年任颐"。

作《紫藤八哥图》，署"癸未十月山阴任颐伯年甫写于春申浦上寓斋"。

作《花鸟四条屏》，其一署"癸未十月，山阴道上行者颐"。

12月，作《天竹雉鸡图》，署"光绪癸未嘉平雪窗呵冻，山阴任颐记于春申浦寓斋"。

李芳园（1883—1947）生。上海人，上海美专、新华艺专教师。画风宗任伯年。

○ 1884年　6月，中法战争暴发，法军无理要求清军撤离越南。

2月，作《三友图》，署"锦堂风沂两兄嘱颐写照，更许在坐谓之三友，幸甚幸甚"。其上有徐允临、钟德祥等人题赞。

作《凤仙狸奴图》，署"啸云老伯大人法家教之，光绪甲申二月上浣，伯年任颐"。

3月，作《牡鸡顽石图》，署"竹贤仁大兄大人雅属即希教正，光绪甲申三月望后三日写牡鸡顽石于海上寓斋，山阴任颐伯年甫并记，（朱）梦庐写红桃墨竹"。

4月，作《双鸡图》，署"敬夫仁兄先生指正，光绪甲申四月，山阴任颐伯年甫"。

作《松下策杖图》，署"莲生仁兄大人雅属，光绪甲申四月，山阴任颐"。

5月，作《豆架双鸡图》，署"包山子真而不妙，陈白阳妙而不真，妙而且真者，其惟周少谷乎。光绪甲申夏五月将望，山阴任颐志"。

作《陆书城像》，署"书城姻兄大人甲申夏五入觐南旋路出于沪索余写照时年四十七矣，伯年弟任颐并志于沪上客次"。（陆显勋，字书城，任伯年妻陆氏二哥。因军功荐为安徽寿州知州。进京觐见后回任安徽，路过上海，任颐为其画像。画像上多达15人题赞，其中就有时任江西南城县令的赵之谦。）

闰五月，作《桐荫仕女图》，署"师新罗山人用笔，光绪甲申闰五月，任伯年"。

8月，作《荷花双鸭图》，署"伯年任颐写，法白阳山人，光绪甲申仲秋记"。

10月，作《仕女观梅图》，署"光绪甲申初冬，伯年任颐写于春申浦上寓斋"。

作《牡丹仙鹤图》，署"芹轩仁大兄大人正之，光绪甲申孟冬吉日，山阴任颐伯年甫"。

11月，作《花鸟四条屏》，其一署"瑞棠仁兄太守大人之属即请正我，光绪甲申十一月雪窗记，伯年任颐"。

作《仕女图》，署"仞山仁兄大人雅正，光绪甲申冬十一月望后，伯年任颐写于沪上寓斋"。

任预作《墨荷图》，署"留得残荷听雨声，岁次甲申冬仲写奉纫秋馆主人一咲，立凡任预"。

12月，作《花鸟四条屏》，其一署"光绪甲申嘉平吉日，山阴任颐伯年甫记于扇市古香室西楼"。

作《雁来红图》，署"人为多愁少年老，花因无愁老少年。年少少年都不管，且将尊酒饮花前。此唐六如先生之诗也，诵之令人辄唤奈何，子丹襟兄大人一粲，甲申冬月伯年任颐"。（沈子丹为任颐连襟，且娶任颐次女为儿妇，任、沈又系儿女亲家。）

作《碧梧丹凤图》，署"赤凤醴泉是惟无出出则为祥瑞，光绪甲申嘉平岁之莫（暮）矣剪烛并记，山阴任颐伯年甫"。

作《花果图册八开》，其一署"天子万年，甲申除夜任颐以此封笔"。

作《洗桐图》，署"光绪甲申冬月，山阴任颐伯年甫"。

〇 1885年 6月，中法签订《中法新约》，11月28日生效。

1月，作《赵德昌夫妇像》，署"外祖德昌赵公暨祖妣魏太孺人之像，光绪乙酉岁正月，孙婿任颐绘"。此幅为任颐陆夫人之外祖父母之像。

作《牡丹图》，署"杏樵仁兄大人雅属，光绪乙酉孟春之吉，山阴任颐伯年甫"。

春仲，任薰作《饲马图》，署"乙酉春仲，阜长任薰写于恰受轩"。

3月，作《吉金清供图》，署"光绪乙酉三月上浣宋人没骨法，伯年任颐摹于海上且住室之南窗"。

作《花鸟册十开》，其一署"瞎尊者画法略师之，乙酉三月，伯年任颐记于海上"。

作《花卉册十二册》，其一署"天子万年，光绪乙酉三月，山阴任颐"。

作《天官赐福》，署"致堂仁兄大人雅属定之，光绪乙酉春三月，山阴任颐伯年甫写于浦上客斋"。

5月，作《天中五瑞图》，署"天中五瑞，锦章仁兄大人大雅之属，光绪乙酉端午日，伯年任颐"。

作《钟馗小酌图》，署"光绪乙酉五月五日，山阴任颐伯年甫写于海上"。

作《出林浣纱图》，署"光绪乙酉夏五月上浣，山阴任颐伯年甫写于沪城"。

作《游山图》，署"梦占先生大雅之属，光绪乙酉夏五月，山阴任颐伯年甫"。

作《桃花双燕》，署"光绪乙酉夏五月，山阴任颐伯年甫写于海上之且住室南窗"。

作《放鸭图》，署"云台仁兄大人雅正，光绪乙酉仲夏，山阴任颐"。

任预作《相马图》扇面，署"时在乙酉夏五月，偶忆及新罗山人有此图，漫拟一过，萧山立凡任预"。

6月，作《桐荫清暑图》，署"光绪乙酉夏六月，山阴任颐"。

7月，作《日利大利》，署"日利大利，光绪乙酉七月将望，秋暑甚酷，几砚如炙，作此聊以遣之，任颐并志"。

作《紫藤鹭鸶图》，署"光绪乙酉秋七月下浣，山阴任颐伯年写于沪上"。

作《蔬果图册八开》，其一署"光绪乙酉立秋去五日，山阴任颐伯年甫"。

8月，作《紫藤燕子》，署"显臣仁兄大雅之属，光绪乙酉秋八月，山阴任颐伯年"。

9月，作《蜡嘴枇杷图》，署"雅庵仁兄先生一粲，乙酉秋九月，山阴任颐伯年甫写于海上"。

10月，作《献寿图》，署"光绪乙酉孟冬之吉，山阴任颐伯年甫写于春申浦寓斋"。

12月，作《水仙双禽图》，署"光绪乙酉嘉平，古香室西楼雪窗，任颐并记"。

任薰作《大富贵亦寿考》，署"乙酉冬日阜长任薰"。

张聿光（1885—1968）生，字鹤苍头、冶欧斋。绍兴人。

金榕（1885—1928）生，字寿石。吴县人。

○ 1886 年　1 月，作《驴背采梅图》，署"光绪丙戌春正月上浣，伯年任颐写于积翠轩"。

作《幽鸟鸣春图》，署"积雨初霁，晴气欲暄。幽鸟鸣春，几砚适然。对景写生，似南田老人遗法也。光绪丙戌春孟，山阴任颐"。

2 月，作《苍松紫藤图》，署"光绪丙戌春二月，山阴任颐伯年甫写于海上寓斋"。

3 月，作《松鹤竹石图》，署"穗舫仁四兄大人雅正，丙戌三月清明后四日，山阴任颐伯年甫"。

作《面壁图》，署"光绪丙戌春三月，山阴任颐伯年"。

作《东坡赏砚图》，署"鹄山三兄先生大雅之属，光绪丙戌春三月法陈章侯笔，山阴任颐"。

任预作《济公图》，署"岁次丙戌春三月，背摹新罗山人大意，萧山立凡任预"。

5 月，作《桃花鸲鹆图》，署"楚斋仁兄先生雅属即正，丙戌五月，伯年任颐写于海上"。

6 月，作《梅花立鹤图》，署"光绪丙戌长夏，山阴任颐伯年甫写于海上碧梧轩东窗"。

作《策马过云山图》，署"山从人面起，云旁马头生。光绪丙戌长夏，山阴任颐伯年甫作于海上寓次"。

作《杂画册十六开》，其一署"光绪丙戌六月，山阴任颐伯年"；任堇题："先处士丙戌年作花果虫鸟小帧凡十六叶（页），今岁流转甬东，为某骨（古）董商所得，屡炫不售，三遭卞和之刖。史君兆琳遂以三百金购得之，洵不愧明州一只眼也。壬申（1932）十月既望，扶病力疾题于沪垒蒲石路新居，任堇。"（本杂画册发现有若干幅有正、副张，系画家本人两揭，分别题款而成。）

作《东山丝竹图》，署"紫封仁兄大雅之属，即是就正，光绪丙戌长至后一日，山阴任颐并记于古筑耶城之颐颐草堂"。

7 月，作《十二鸭图》，署"陆放翁诗，荒坡船护鸭，略写其意，光绪丙戌孟秋，山阴任颐伯年甫"。

作《山涧听泉图》，署"六瑚仁兄大人雅属，丙戌新秋，山阴任颐伯年甫"。

8月，作《承天寺夜游图》，署"光绪丙戌中秋节，山阴任颐伯年甫"。

作《仿高克恭山水图》，署"光绪丙戌八月上浣，山阴任颐临"。

作《桃源渔父图》，署"光绪丙戌中秋后二日，山阴任颐伯年甫"。

作《松石小景》，署"光绪丙戌仲秋八月似鹤琴仁兄大雅，临王叔明一过，即乞正之，山阴任颐"。

作《蜡嘴菊花图》，署"鹤琴仁兄再属，丙戌仲秋伯年任颐"。

11月，作《梅石双鹤图》，署"星辉仁兄先生大雅之属即是就正。光绪丙戌冬十一月上浣，山阴任颐伯年甫"。

作《枇杷双雉图》，署"小舫仁兄先生大雅之属即是就正。光绪丙戌十一月小雪后五日，山阴任颐伯年甫"。

临写《八大山人八哥图》，署"壬申之重阳涉事八大山人，光绪丙戌十一月，任伯年临"。

12月，作《帘后仕女图》，署"光绪丙戌嘉平望后雪窗剪烛，山阴任颐伯年甫"。虚谷题："旧事浑疑梦，依稀画里寻。梅花寒若此，也动隔帘心。邕之诗，虚谷书。"

任预作《前程万里图》，署"指点前程远，相期着一鞭，丙戌冬十二月永兴立凡任预"。

○ 1887年　1月，作《岛佛驴背敲诗》《秋林高士》《二童斗蟀》多幅以应正卿总戎之请，其一署"正卿总戎大人之属，光绪丁亥正月廿日，山阴任颐伯年"。

作《高邕之像》，虚谷题："……于沪上琴书自乐草堂，山阴任颐作图，虚谷题，时光绪十三年正月八日也。"

作《双松话旧图》，署"子振仁兄与余阔别十年，丁亥正月沪江曾叙，写此图亦志雪爪，山阴任颐"。画上有吴仓石题赞、陆恢题赞，又有吴大澂题赞。（与患难之交的许铺友谊延续至老年）

3月，作《浮萍八哥图》，署"道复有此图拟奉桃卿仁兄雅鉴，丁亥三月，山阴任颐"。

4月，作《封侯图》，署"光绪丁亥首夏，山阴任颐伯年甫写于海上寓斋"。

5月，作《钟馗叱鬼图》，署"光绪丁亥端阳节，颐颐草堂主人自制"。

作《松鸠凌霄图》，署"光绪丁亥端阳，山阴任颐伯年甫写于海上颐颐草堂"。

6月，任薰作《试剑图》，署"丁亥夏日，阜长任薰写于吴中客次"。

7月，作《紫薇鸳鸯图》，署"藻馨仁兄大雅之属即请正可，光绪丁亥七月上浣，山阴任颐伯年甫"。

9月，任薰作《雪蕉天竹图》，署"花农观察大人雅属，丁亥九月阜长任薰写于吴中寓次"。

任薰作《髦耋图》，署"乙亥秋九月，阜长任薰写于吴中恰受轩"。

10月，作《人物四条屏》（风尘三侠、坡公游石钟山、松下三老、白鹿寿星），其一署"光绪丁亥孟冬之吉，山阴任颐伯年甫写于沪城寓斋"。

作五言书法对联，署"洗觞来旧雨，流咏见高风。丁亥孟冬月，山阴任颐"。

12月，作《桃实顽石图》，署"光绪丁亥嘉平望前，寄祝树臣直刺舅兄大人五十寿，伯年任颐客沪城写"。（任伯年时常有画件邮寄外地客户，此其证也。）

冬日，任预作《山水图》四条屏，其一署"岁次丁亥冬日暮（摹）清湘老人大略，萧山立凡任预写"。

○ 1888年　1月，作《玄鹤赤松图》，署"光绪戊子春王正月，山阴任颐伯年甫炙砚并记"。

2月，作《女娲炼石图》，署"光绪戊子仲春吉日，山阴任颐伯年甫"。

任薰作《人物屏》，署"戊子春仲阜长任薰写于恰受轩"。

3月，作《狸猫斑鸠图》，署"楚才六兄大人雅属似正，光绪戊子清明后二日，山阴任颐伯年甫"。

作《金谷园图》，署"金谷园图，师新罗山人而稍变其法，光绪戊子清明后四日，山阴任颐"。

4月，作《观刀图》，署"光绪戊子首夏，山阴任颐为沪上点春堂之宾日阁下补壁"。

作《朱笔钟馗图》，署"光绪戊子夏四月上浣，山阴任颐伯年甫写于海上颐颐草堂，师新罗也"。

作《羲之爱鹅图》，署"光绪戊子夏四月望前三日，山阴任颐伯年甫写于沪城寓斋"。

作《仕女图册十二开》，其一署"光绪戊子四月，山阴任颐"。

5月，任预作《钟馗图》，署"戊子天中节写奉熙年仁兄大人雅咲，立凡任预"。

7月，作《寿星白鹿图》，署"光绪戊子新秋吉日，山阴任颐伯年并记于春申浦之颐颐草堂"。

8月，作《酸寒尉像》，署"酸寒尉像，光绪戊子八月，昌硕属，任颐画"，有杨岘题赞。

作《枇杷艾叶图》，署"光绪戊子中秋前三日，山阴任颐伯年甫并记"。

秋仲，任薰作《博古图》，署"戊子秋仲阜长任薰写于吴门客次"。

10月，作《关公读易图》，署"光绪戊子冬十月，山阴任颐盥手绘"。

11月，作《松龄鹤寿图》，署"光绪戊子冬十一月望后，山阴任颐伯年写于海上寓斋"。

12月，作《岑铜士像》，署"铜士先生六十二岁像，光绪戊子嘉平，山阴任颐写"。岑铜士自题："去腊客沪城与任君伯年煮雪夜谈，伯年乘兴为我写照。时漏下二鼓，烛已见跋，乃折纸蘸油燃火。左手执之，右手运笔，不顷刻而成。见者咸谓得神似云，装潢既成，书此以志。己丑四月锡光时年六十有三。"另有吴淦题赞。

冬日，任薰作《人物》轴，署"戊子冬日，萧山阜长任薰写于琴谷"。

作《牧归图》，署"夕阳牛背影如山，光绪戊子嘉平吉日，山阴任颐伯年呵毫"。

作《寒林牧马图》，署"光绪戊子嘉平宵窗秉烛呵冻，山阴任颐伯年"。

是年又作《蕉荫纳凉图》，钤"伯年长寿"白文印。是图有缶道人自题赞、郑文焯题赞。

是年，任薰54岁，病目，作画渐稀。

任预35岁，来往于苏沪间鬻画。

○ 1889年 1月，作《狸猫墨竹图》，署"光绪己丑正月廿五日徐园第一集作是即希同人指疵，园主人棣山先生为之一笑，山阴任颐"。

3月，作《顽石没羽图》，署"光绪己丑长至后三日，山阴任颐伯年甫写于古香室西楼"。

作《世代书香图》，署"光绪己丑长至后三日，闵孝子画法于古香室扇市西楼，山阴任颐伯年甫呵冻记"。

4月，作《水仙天竹鹡鸰图》，署"继香仁十四兄大人雅属即希正之，光绪己丑夏四月，山阴任颐伯年甫"。

5月，作《吹箫过松溪图》，署"自制（新）词韵最娇、小红低唱我吹箫。曲终过尽松溪路，回首烟波十二桥。光绪己丑仲夏之吉，山阴任颐首日告新"。

6月，作《紫气东来图》，署"光绪己丑夏六月，山阴任颐伯年甫"。

11月，作《麻姑寿星白鹿图》，署"光绪己丑仲冬之吉，山阴任颐伯年写于海上古香室西楼"。

12月，作《赤壁夜游图》，署"翰臣仁兄大人雅教，光绪己丑嘉平月，山阴任颐写于海上古香室扇市西楼宵窗剪烛"。

作《紫藤山鸡图》，署"光绪己丑嘉平上浣，山阴任颐伯年写于古香室"。

作《苏武牧羊图》，署"景华老友之教，己丑嘉平月古香室西楼剪烛，山阴任颐"。

作《折梅图》，署"光绪己丑嘉平月，山阴任颐伯年甫写于沪城寓斋"。

○ 1890年　1月，任薰作《富贵神仙图》，署"庚寅元旦，阜长任薰写"。

2月，作《溪流浴马图》，署"光绪庚寅闰二月清明后三日，山阴任颐伯年甫写于颐颐草堂"。

作《花鸟四条屏》，其一署"世五仁兄大人雅正，山阴任颐伯年甫并记"。

任薰作《弹阮图》，署"庚寅仲春，阜长任薰写于吴中客次"。

4月，作《寿带桃实图》，署"菊初仁兄大人雅之属希正，光绪庚寅孟夏吉日，山阴任颐伯年甫写于海上"。

5月，作《花鸟七条屏》，其一署"光绪庚寅夏五月，山阴任颐伯年甫记于海上之颐颐草堂"。

作《花鸟四条屏》，其一署"光绪夏五月，山阴任颐伯年"。

6月，作《泥金花鸟四条屏》，其一署"渭泉封闳先生七秩开一，光绪庚寅夏六月上浣，山阴任颐伯年写祝"。

任薰作《花卉》四条屏，署"庚寅夏六月，阜长任薰写于吴中客次"。

作《金笔花鸟六条屏》，其一署"师南田老人墨法于海上颐颐草堂，光绪庚寅夏六月，山阴任颐伯年甫并记"。

7月，作《羲之爱鹅图》，署"光绪庚寅秋七月，山阴任颐写于海上"。

8月，作《中秋月兔图》，署"光绪庚寅中秋后一日，山阴任颐伯年甫写于沪城"。

作《果饼供月图》，署"光绪庚寅八月作，山阴任颐伯年甫"。

作《溪亭赏秋图》，署"景华仁兄大人正之，光绪庚寅八月，山阴任颐伯年"。

9月，作《金笺禄寿图》，署"光绪庚寅秋九月吉日，山阴任颐伯年甫写于海上颐颐草堂"。

12月，作《柳枝八哥图》，署"璧州先生鉴家一粲。光绪庚寅嘉平，颐颐草堂主人伯年顿首"。

○ 1891年　1月，作《柏鹿图》，署"光绪辛卯春正廿有六日，山阴任颐伯年甫写于海上寓斋"。

2月，作《花卉禽鸟四条屏》，其一署"光绪辛卯春二月五日成，山阴任颐"。

3月，作《四条通景屏》，署"光绪岁在辛卯莫春之初，山阴任颐伯年写于海上"。

作《绢本人物四条屏》，其一署"光绪辛卯暮春之初，师陈章侯设色之法于沪城且住室。任颐记"。

作《墨笔芭蕉鸡石图》，署"光绪辛卯春三月望后三日，山阴任颐伯年甫并记于海上且住室"。

4月，作《花鸟四条屏》，其一署"光绪辛卯首夏，山阴任颐伯年甫"。

作《花鸟四条屏》，其一署"锡俟仁兄大人正之，光绪辛卯夏四月，山阴任颐写于海上且住室"。

作《钟馗执剑图》，署"光绪辛卯夏四月上浣，山阴任颐伯年"。

5月，作《羲之戏鹅图》，署"光绪辛卯夏五月上浣，山阴任颐伯年甫写于沪城之颐颐草堂"。

作《泼墨破扇钟馗图》，署"光绪辛卯五月端阳日，山阴任颐伯年甫写于沪城且住之室"。

6月，作《柳溪双舟仕女图》，署"光绪辛卯夏六月，山阴任颐伯年甫写于海上寓斋"。徐悲鸿跋："此亦副张而精采（彩）绝未损失，悲鸿题记。"

作《松下高士图》，署"光绪辛卯六月，山阴任颐伯年甫挥汗并记"。

徐悲鸿跋："此第二层也，悲鸿略为补润。"

作《独立山岗图》，署"光绪辛卯六月下浣，山阴任颐伯年甫挥汗于沪城且住室东窗"。徐悲鸿跋："伯年力透纸背，其画故以淡逸胜，而副页乃更逸脱尽烟火气，特恐张挂过多，尘污混其笔迹耳，有保守之责者，不可不加注意也。悲鸿。"

作《梅花书屋图》，署"暑窗雨冷，几砚苍润。戏仿梅花庵主梅花书屋图，知不免邯郸学步矣，掷笔为之一笑。光绪辛卯夏六月挥汗并记。山阴颐"。徐悲鸿跋："用夹宣，则一作而得两幅，遇惬意者副张亦可留，尤以笔墨之不着形迹为原纸所无，趣益深远。"

7月，作《墨笔芭蕉梅雀图》，署"楚卿仁兄大人雅正，光绪辛卯七月，山阴任颐伯年甫"。

9月，作《麻姑寿星图》，署"光绪辛卯秋九月上浣，山阴任颐伯年甫"。（疑为52岁自祝寿之作）

11月，任预作《观瀑图》，署"岁次光绪辛卯冬十一月，萧山立凡任预写于纫秋馆"。

11月，作《丹桂五枝芳图》，署"景华仁兄大人雅正，光绪辛卯冬十一月上浣，山阴任颐伯年甫"。

12月，作《雄鹰独立图》，署"穗田仁兄大人雅正，光绪辛卯嘉平，山阴任颐伯年甫"。

任预作《双猴得桃图》，署"岁次辛卯冬十二月，背拟南京解元大略，萧山立凡任预"。

冬日，任预作《独占鳌头图》扇面，署"岁次辛卯冬日，写应虎福大世讲拂暑，立凡任预"。

作《柳燕》扇面，署"虚谷道兄我师，光绪辛卯，任颐顿首"。虚谷题："锦堂仁兄属，壬辰五月，弟虚谷转赠。"

○ 1892年　2月，作《竹涧双雀图》，署"涤泉仁兄大人雅正，光绪壬辰春二月，山阴任颐伯年"。

作《松涧飞瀑图》，署"炽先仁兄大人雅正，光绪壬辰二月上浣，任颐"。

3月，作《洗马图》，署"介寿仁兄大人正之，光绪壬辰三月，山阴任颐"。

任预作《人物图》，署"我有好爵宜尔子孙，壬辰春三月立凡任预"。

4月，作《钟馗图》，署"光绪壬辰四月，伯年任颐"。

5月，作《竹海品茗图》，署"竹深处，伯壎先生别墅也，仰慕久之，未及一访，漫拟是图，以志渴思。光绪壬辰午夏，山阴任颐伯年"。（此图不下四五幅）

任预作《桃源问津图》，署"桃源问津，壬辰夏日，立凡任预"。

7月，作《紫藤鸳鸯图》，署"少川仁兄大人雅正。光绪壬辰新秋，山阴任颐伯年甫"。

作《柳塘赏秋图》，署"光绪壬辰写似德先贤倿婿清玩，任颐"。（黄德先，伯年倿婿，先学画不成，改做裱工。得伯年画甚多。无后，存画尽失散。）

作《灵芝双鹿图》，署"光绪壬辰秋七月上浣，山阴任颐伯年甫写于沪城寓斋"。

8月，作《葡萄松鼠图》，署"云伯仁兄大人雅正，光绪壬辰秋八月，山阴任颐写于沪城且住室"。

9月，作《钓翁图》，署"光绪壬辰秋九月，山阴任颐伯年甫"。

作"小屋底于艇，梅花瘦如诗"对联，署"光绪壬辰秋九月，山阴任颐"。

10月，作《荷塘仕女图》，署"光绪壬辰冬十月上浣，山阴任颐伯年甫写于沪城寓斋"。

11月，作《牧鸭图》，署"涤泉仁兄大人指疵，光绪壬辰冬月，山阴弟颐"。

作《击磬图》，署"光绪壬辰冬月，颐颐草堂东楼呵冻，任伯年志"。

12月，任预作《百寿图》，署"岁次壬辰冬十二月之吉，写奉子备仁兄大人雅鉴政"。

○ 1893年　3月，作《牧牛图》，署"光绪癸巳春三月上浣，山阴任颐伯年甫写于海上"。

4月，作《紫藤群雀图》，署"光绪癸巳首夏，山阴任颐伯年甫写于海上"。

任预作《溪山访友图》，署"癸巳孟夏松雪老人笔法，萧山立凡任预"。

5月，任预作《悟道图》，署"癸巳夏五月仿冬心翁笔意，立凡任预写"。

作《钟馗图》，署"光绪癸巳夏五月，山阴任伯年写于海上寓斋"。

7月，作《归田风趣图》，署"归田风趣，光绪癸巳秋七月上浣，

任薰图集

仕女图　任薰

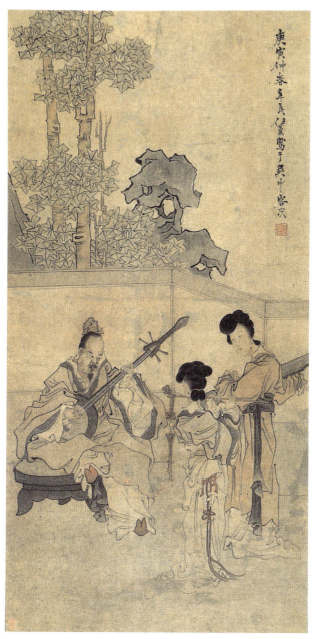

东园琴趣图　任薰

麻姑献寿图　任薫

雪蕉图　任薰

花鸟图　任薰

梅花水仙图　任薰

玄鹤图　任薰

清供图 任薰

举案齐眉图　任薰

拜石图　任薰

礼佛图　任薰

独步一时　任薰

午日钟馗图　任薰

茶花八哥图　任薰

春燕图　任薰

牵牛小鸟图　任薰

荷花小鸟图　任薰

山阴任颐伯年甫"。

12月，作《蜡梅鹦鹉图》，署"光绪癸巳嘉平初旬，山阴任颐记于沪城寓斋"。

作《牧牛图》，署"光绪癸巳嘉平月上浣，山阴任颐伯年甫写于海上"。

作《霜柯归雁》，署"光绪癸巳冬12月，任伯年"。

作《天竹双猫图》，署"光绪癸巳嘉平月，山阴任颐伯年"。

作《松下杜鹃花》，署"光绪癸巳。颐"。徐悲鸿跋："沉酣（煴）变，如书中王远，李邕使人览之神王（往），题款可疑，画则全伯年莫属也。吴君仲熊赠我。书此志岁，悲鸿。"

作《墨笔山水图》，署"吉谷先生一笑。光绪癸巳，山阴弟任颐"。

作《灵芝桃花图》，署"光绪癸巳，山阴任颐"。

是年，任薰阜长逝世，享年59岁。

○ 1894年　7月，中日《甲午海战》暴发。

1月，作《紫藤三雀图》，署"光绪甲午春正月，山阴任颐伯年"。

5月，任预作《秋山行旅图》，署"秋山行旅图，甲午夏五月朔略拟赵松雪法立凡任预"。

10月，作《紫藤双凫图》，署"光绪甲午孟冬，伯年任颐写于海上"。

11月，作《紫藤寿带图》，署"光绪甲午冬十一月上浣，山阴任颐伯年甫写于海上寓斋"。

作《松下吹箫图》，署"光绪甲午冬十一月上浣吉日，山阴任颐伯年甫写于海上寓斋"。

作《秋声赋图》，署"蘅珊仁兄大人雅属即请教正。光绪甲午冬十一月，山阴任颐伯年甫"。

12月，作《腊梅三鸡图》，署"景华仁兄大人雅正。光绪甲午嘉平上浣，任颐伯年甫"。

作《荷花鸳鸯图》，署"光绪甲午嘉平，山阴任颐"。

任预作《山水图》，署"岁次甲午冬十二月仿元人法于恰受轩立凡任预"。

○ 1895年　4月，中日《马关条约》签订。

5月，康有为率领众举子"公车上书"，要求朝廷变法。

2月，作《牡丹猫石图》，署"光绪乙未春二月下旬，山阴任颐伯年甫写于沪城"。

任颐图集

人物图　任伯年早期作品（1865）

蕉荫狸奴图　任颐

八哥牵牛图　任颐

蕉下双雀图　任颐

枇杷一树金图　任颐

芙蓉群鸭图　任颐

一路荣华图　任颐　　　　　　　桃花流水鳜鱼肥　任颐

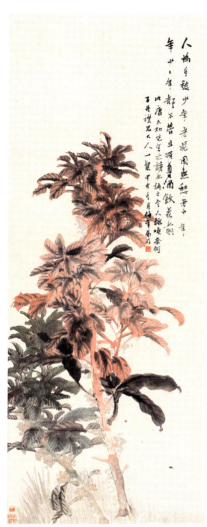

老少年图（为子丹襟兄画）　任颐

桃花双兔图　任颐

墨猫图　任颐

雪竹飞鸽图　任颐

隔帘赏梅图　任颐　　　　　　　　紫藤双狸图　任颐

墨龙图　任颐

耍猴乞食图　任颐

五谷丰登图　任颐

得之吉 宜子孙　任颐　　　　　　　　　　寿星图　任颐

抱婴钟馗图　任颐

东坡朝云图　任颐

遛鸟人图　任颐

未了头陀图　任颐

微风燕子针图　任颐

竹雉图　任颐

山水图　任颐

采菱图　任颐

许由洗身图 任伯年（1895 年临终前画）

鱼乐图　任颐

作《人物三开》，其一署“光绪乙未春二月，山阴任颐”。

4月，作《枇杷狸猫图》，署“光绪乙未首夏，山阴任颐伯年甫”。

5月，作《清供图》，署“光绪乙未仲夏，山阴任颐伯年甫”。

8月，作《菊花白猫图》（纨扇），署“吴民仁兄大人指疵。光绪乙未中秋后日，山阴任颐”。

作《黄大仙图》，署“达卿仁兄大人雅属即请教正。乙未秋八月上浣，山阴任颐伯年甫”。

9月，任预作《射雁图》，署“岁次乙未九秋背抚赵王孙粉本立凡任预”。

●终笔之作《许由洗耳图》，钤“伯年”朱文印、“任颐之印”朱文印。无款识。高邕之跋：“地怪天惊一画奴，少年白尽此头颅。近来怕听伤时语，终笔还留洗耳图。此帧是山阴任伯年先生终笔，后三年其友仁和高邕题于李庵。先生有“画奴”小印，故首句及之。时光绪戊戌（1898）四月二日也。”

是年12月19日，任伯年逝世，享年56岁，因家中积蓄悉数被骗，停尸在床，殡葬无计。高邕、蒲华诸好友携资来助，方把任伯年送归道山。

○ 1896年　9月，任预作《山水人物四条屏》。署“岁次丙申九月略摹蒙泉外史秋郊试马图，立凡任预”。

任预作《虎溪三笑图》，署“丙申秋日立凡任预画于申江”。

12月，任预作《一篙撑出晚晴天》，署“丙申冬十二月萧山立凡任预”。

任预作《人物十二生肖图》，无署名。

○ 1897年　任预作《金明斋六十六岁小像》，署“明斋先生六十六岁小像，萧山立凡任预”。

○ 1898年　6月，光绪帝实行“戊戌变法”。

9月，慈禧太后发动“戊戌政变”，“百日维新”失败。

○ 1900年　5月，“义和团”运动发生。

6月，“八国联军”侵华，占领北京。

5月，任预作《秋山行旅图》，署“庚子五月立凡任预写”。

6月，任预作《八百同春图》，署“赤番太史六旬双寿岁次庚子夏六月上浣，萧山立凡任预”。

○ 1901年　9月，《辛丑条约》签订。

任预立凡逝世，享年49岁。

“海上四任”遂成绝响。

任预图集

杨柳岸晓风残月　任预

秦封汉爵　任预

秋山行旅图　任预

夏山过雨图　任预

一篙撑出晚晴天　任预

八百同春图　任预

秋月白鹭图　任预　　　　前程万里图　任预

无量寿佛图　任预

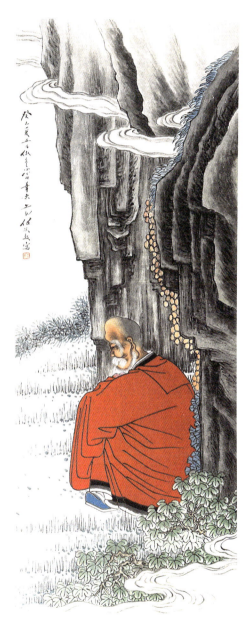

悟道图　任预

济公图　任预

陶潜将亲官居东里号来社中或待僧主便撝自迎士远师爱以依而不可请道士陆倏待居阁斜舰六客主社中与远祖善遇目居东林远不越巾溪一日送陆道士悠行遇溪相持和笑工音令人沽酒引渊明老故诗人有爱陶长宝斯兀送陆道士行遇以沽酒遇溪供敝戒彼伤人斯叶外斯时道社图中居住君是相巾国其事目帝银以王其茶墨尚齐滑谐诗仁宋明之而宾永时丁酉八月陇望苏宦泉砚开记

虎溪三笑图　任预

山水图　任预

潮平两岸阔　任预

四任书法

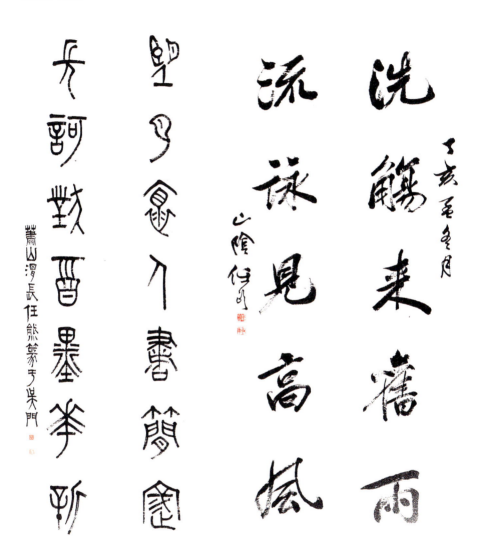

望月怀人书简密　长歌对酒墨花新
任熊

洗觞来旧雨　流咏见高风
任颐

辛有两眼明多交益友　苦无十年暇熟读奇书
任颐

读书不求甚解　鼓琴足以自娱
任预

四任篆刻

胡氏三桥　任预刻

红茵馆　任预刻

豹乡　任熊刻

颐蒼　任颐刻

阅读四任中的误区

雪雀图　任颐

四任生活于 1823 年至 1901 年间，距今已有近 200 年。时间说长不长，说短也不短了。在近百年之前，凡见过四任的画家（如王一亭、陈半丁等先生）每每谈及当时情景，皆眉飞色舞，娓娓道来，令人艳羡不已。他们的叙述还见诸于书载及报端，令后人阅读起来印象极其深刻。其中有一幕是：（王一亭曾亲言于徐悲鸿）任熊一次于上海厂肆地摊上见到一个十六七岁的少年在卖画。任熊视其画颇佳，细审下竟发现是仿冒己名之作也，甚诧异。追问下，童言父死失怙，仿名家画聊以糊口焉。任熊大发慈悲之心，竟收童为徒。命去姑苏依弟薰为活，始授以任氏笔法，使其日后成为大画家之任伯年是也。每读是篇，任熊的古道热肠、宽广胸怀令人不觉热泪盈眶，击节三叹！所恨何时才能有此等美事降临到眼前也？！再一是任堇所撰文曰："先处士少值俭岁。年十六，陷洪杨军，大酉令掌军旗。"此文正好验证了任伯年年十六流落上海之事，一定是确切不疑的了。待笔者年长，阅文渐多，发现其中谬误颇多。而时下介绍四任时，多引用此篇以为确史，贻误读者。

　　○　"海上四任"的研究，首要的任务是，必须要了解近代史。如，《太平天国史》（罗尔纲著）、《太平天国军事史概述》（郦纯著）等历史书籍是必须通读的。了解了四任所处时代的历史，才能正确地规范四任的活动范畴。

　　四任中的任颐，失怙时间是因太平军攻占萧山以后发生的事。任堇又有文章曰："赭军（太平军）陷浙，窜越州时……乃诡丐者……求庇诸暨包村……先王父……中途遇害卒。"坐实了任颐之父任鹤声因太平军攻占萧山后，避难包村途中而亡，任颐因此失怙。这个时间，经查以上历史书籍，是为1861年11月间的事。也就是说，此时的任颐已是22岁的青年人了，而任熊则死于1857年农历十月初七日。假使任伯年失怙去沪，也应该是在1861年11月以后了，此时的任熊已去世4年之久，墓木已拱，安能再起任熊于墓中去上海收伯年为徒欤！所以说，任熊沪上收伯年为徒，乃为子虚乌有的街谈巷议之戏说，是为了迎合群众心理上希望期待好事临头的"美丽谎言"。按一般的常理，作为任颐之子的任堇，撰文说父事当不致有误。可是任堇偏偏说"先处士……年十六，陷洪杨军"之言不知从何说起（是误记还是有他因，不得而知）。为严肃而言，（四任的）事态发展一定要遵循历史时间记录为准。

○ 史家系统研究太平天国历史还是近来的事情。1957年12月，罗尔纲写就《太平天国史稿》并出版。1978年2月，郦纯写就《太平天国军事史概述》，1982年出版。这为研究四任提供了依据。而在此之前，四任的研究多靠零星的笔记记载和猜测，所以谬误百出。四任研究中，最为跌宕迷离的事情莫过于任颐"参加"太平军一事了。各种臆测迭出，有根据任颐年十六时，在沪上巧遇任熊事，说任颐从上海赶来家乡参加太平军；到了20世纪60、70年代之际，任颐又变成为一名太平军英勇战士，扛着大旗冲锋在前和清军厮杀；还有人说，任颐跟随太平军撤退到天京，1864年7月19日天京陷落后才回到家乡。这种华而不实、无限拔高的言辞，实在要不得。因为萧山篆刻家任晋谦曾应任颐之邀为其刻过一方印章，边款上刻有"癸亥六月为小楼弟作"字样，癸亥年即1863年；也就是说1863年6月任颐即在萧山了，说他在1864年太平天国失败后才回家乡就是无稽之谈。

○ 名家误导。在四任的研究中，切记不要被名家之言误导。譬如，有名家说，任颐有一女（任霞）一子（任堇），于是便成为铁案，凡是介绍任颐的文章皆说任颐有一女一子。其实，任颐共育有二女二子，另外两位子女名字不显而已。

○ 介绍四任时，有名家为制造悲情气氛，把四任中的任颐，描写得非常贫苦，大有塑造"贫而学则仕"的典型。其实，任颐是位粮店小开（小老板），虽不是锦衣玉食，在22岁之前，还是不愁吃穿的。太平军打过来后，父亡家破，任颐才变为"赤贫"。但他娶了位"官二代"

的妻子，其妻二哥陆书城，官为安徽寿州、宿州知州，岳父亦为"桐城名宦"。所以任颐在当时官僚中颇有名望，得到众多官僚的追捧。任颐所作《陆书城画像》上，竟有 15 人题赞，多为官员，其中就有南城知县赵之谦的题赞。任颐画名之所以能够很快鹊起，就有了又一项被官场扬誉的证据。

而为了近一步制造悲情气氛，以赚取读者的眼泪，有位名传记专栏作家在记述任颐之女任霞时说，任霞在父死家贫后，嫁了一寒士。未几寒士又死，至无以为殓，由一亲戚料理其丧，事后欲求霞赠幅画为报。任霞大恸曰："先夫既殁，未亡人岂忍再以笔墨媚世，所受恩泽，当于来生犬马为报耳……寻以伤感过甚而殁。"不明就里者，"闻而惜之"！但据任颐孙任昌垓言，小时候，姑妈（任霞）常来娘家探望母亲，穿着光鲜，手臂上戴着明晃晃的金络臂，煞是耀眼。原来任霞嫁与湖州丝绸商人吴少卿为填房，生活优渥。吴家在上海有房，任霞时居上海，于1920 年逝世，享年 50 岁。任霞有继孙吴仲熊，亦擅画，与徐悲鸿为挚友，当不会有差。此事又证明名家之言不可俱信。

○ 对专家的考证要持谨慎态度。譬如在介绍任颐时，多采用俞剑华著《中国美术家人名词典》中所说，生死年月为 1840—1896 年。其实，据任颐的挚友吴昌硕日记记载，任颐殁于乙未年十一月初四日，即公元 1895 年 12 月 19 日（吴绝不会臆造）。这个日期距离 1896 年只差 10 来天，但它毕竟是 1895 年间的事。所以任颐的生死年月当是 1840—1895 年为确。

四任的研究，当时除了任熊有传（周闲《任处士传》）外，其他三人皆无传（今人所传多不可信）。为了弥补缺憾，研究者需博览群书，曲径求之。尤其要关注画家在画上的落款（如任颐画《东津话别图》中所题款，即记述了其早年的行踪），其中暗藏的玄机，有待我们去探求挖掘。

《任处士传》——周闲存伯撰

　　任熊　字渭长　越之萧山人　善画　冠大江南北　亦能吟诗填词　诸子百家咸皆涉猎　性耿介好奇　有节概　不可一世　故生平交友　落落可数　而其为人　亦莫著于郊游间

　　道光岁戊申　始交周闲于钱塘　留范湖草堂三年　终日临抚古人佳画　略不胜　辄再易一缣　必胜乃已　夜亦秉烛未尝辍　故画日益精　周闲喜客　客多诵任熊名　故名日益盛

　　岁庚戌　周闲为楚游　偕往吴中　交陈埙　黄鞠　杨韫华　复与陈埙送别　至京口　遍游金　焦　北固三山　还留吴　交佘铺　孙聘　再偕陈埙游明州　先在范湖草堂遇姚燮　爱其才　至是即主姚燮　归而交里中曹峋　于时里中始重其所为画　杜门者一年

　　咸丰纪元辛亥冬　周闲自楚还　因重至范湖草堂　明年约游吴　一至沪渎　有大腹贾欲以千金交欢　不乐其请　拒之而去　居华阳道院　与佘铺　黄鞠　杨韫华　韦光黻　孙聘　齐学裘结书画之社　六月　周闲后至　游灵岩　虎阜　凡名山川莫不有两人踪迹　吴之人辇金币丐笔墨者　踵相接也　岁尽始归　介休有刘文起者　名公之孙　有倚相才　下笔万言立就　性孤傲不可近　独奇周闲　千里贻书缔交　后刘文起死　其孤女留吴中　黄鞠为任熊聘之　周闲喜曰　故人有佳婿矣　岁癸丑二月　任熊来娶妇　归萧山　复杜门

　　时粤逆南陷润州　北据瓜步　周闲从楼船诸军　扼京口　驰书一相招　岁己卯夏　偕陈峋重游焦山　总帅周公士法　副帅雷公以缄　咸器重之　待以上客　为周闲作《范湖草堂长卷》二丈　称杰构　九月还吴　再与黄鞠　佘铺　孙聘诸人游　十二月归　又杜门者一载

　　岁丁巳闰月始有疾　八月周闲过萧山　约游天台　不果偕　九月周闲自天台还　任熊留之宿　谈宴浃旬　谓湘云寺后　岩石壁立　作种种云头皴　为天下第一奇胜　不可不游　时其疾未瘳　辞俟后约　任熊不可　力疾棹扁舟　载酒　泛湘湖　步至寺后　酌鹦鹉杯　相赏甚乐　晚过曹氏茸仓堂饮　任熊自有疾　不出户者五阅月　周闲来　始偕出寻故人　揽名胜　兴致顿佳　周闲既西　乃复伏枕　十月疾大作　初七日卒于家　年三十五岁

　　任熊画　初宗陈洪绶　后出入宋元诸大家　兼蹑于唐　变化神妙　不名

一法 古人所能无不能 亦无不工 其布局 运笔 惨淡经营 不期与古人合 而间有古人所不能到 设色精采 复能胜于古人 当其一稿甫脱 零缣片楮 识与不识 悉皆珍若拱璧 且有窃其残墨剩本奉为规模者 猗与盛哉 画之 圣矣

其已镌版流传 有列仙 剑侠 越中名贤诸像 家綦贫 作画得金以养 母 蓄妻子 然自矜贵 遇知己竭百日力不少倦 非其人虽一笔不苟为也 诗写性灵 词有逸趣 然尝语人曰 浙东有姚燮 浙西有周闲 文章尽于二 人矣 吾复何为乎 故自题画之外 不多作

生有济胜之具 游佳山水 必造其险奥 一树一石 有奇致亦必流连其 间 曰 此天生画本也

人短小精悍 眉目间有英气 少失父 事母能孝 视弟妹能友爱 与人 交 坦白和易 能久而益敬 唯不能见生客 客而衣冠者 尤无寒暄言 若龌 龊之辈 益默然终日 杨韫华 韦光黻者 皆一时名下士 及其死也 先后倾 资助其丧 未尝少惜

能驰马 能开弓霹雳射 能为掼跤诸戏 能刻画金石 能斫桐为琴 铸 铁成箫笛 皆分寸合度 能自制琴曲 春秋佳日 以之为娱悦 能饮酒 不多 亦不醉 颇嗜茶 有卢仝之癖 然以味酽为美 不暇辨精粗也 卒之日 吴越 之民皆叹惜不已 有丈夫子二 曰立城 立埕

《范湖草堂遗稿》

《陆书城传》(《寿州志·名宦传》)

壽州志名宦傳

陸顯勳字樹臣一號書城桐城名宦陸立甫封翁之次子也授例巡檢隨曾忠襄公營以參謀蕭軍門孚泗軍事克復金陵殲滅粵匪洊保知州分安徽同治九年授壽州知州涖任後嚴保甲除豪惡籌育嬰孩尤勤結案案無留牘講求水利而防其患大府鋭意鑿硤石山以暢淮流懷鳳盱五居下游地勢平衍水無停蓄春漲泛濫必成巨浸力陳利害罷斯役民免其魚恤煢犴捐廉益施棉與篋罪人不苦寒暑有在監數十年者理出之頹然老翁自謂如再世公喜讀書行篋必載十三經注疏尤重倫紀壽民節孝壅於上聞者以千百計揭以例而禁宕費逾年盡得旌表國服中有將帥酬神不戒音樂燕會杯箸方設聞州刺史行香神廟成禮去亟撤之如常賓之憚楊縉調署六安占午時交壽春篆辰已間訪問一忤逆子拘至坐堂皇訊實杖斃其心以爲一刻在官一刻有修明政刑責也然不殺人媢人楊某與邵嘉善有夙讎誣嘉善盜導弁兵禽諸肆嘉善家譟弁兵爲楊私人救嘉善悉拘於宅將傾闔之怒將統兵滅其村公馳止之單騎諭地方禮還弁兵將嘉善交案營務處任皖香觀察必誅嘉善求其黨公反覆開導力持二年不能已計惟據實通揭嘉善冤幕賓胡君驚曰是大不利君勿孟浪公毅然曰此官如傳舍有禍我者聽之既詳大府觀察恚甚言諸中丞撤公任捧香跪送者盈於途甚有設香案觀察門前者觀察不能止也大府訊明邵嘉善非盜知公賢觀察亦感悟傾心結交旋回本任留養汴省流民無失所禽捻首李坤瀠以安閭閻均議敍加級紀錄壽居淮下游地極窪每値淮水漲時城輒陷水中央不沒僅三版且年久牆垣凸裂岌岌有危勢公剴切稟大府批准始克修築完固後鄭州決口黃水趨淮壽城無虞捕蝗不辭勞瘁皖省官惟公稱最嘗伏内捕蝗蝻匝月歲竟轉歉爲豐甲申丁父憂去官服闋授宿州知州壬辰由宿州調署壽州二十餘年舊治重來士庶歡迎戀之如慈父母然明年回宿任力勸海防捐事奉旨依議以道員在任候選兩以卓異報最公任他州縣稱治皆如壽州聲聞既傳播大江南北彼都士紳復各以書來道其政績謹據所言附記於此無爾疆此界斯爲大公公權六安前官塵牘數尺許盡結之官吏紳民咸訝其神速昔湯文正調江西嶺北道市三日清積獄八百有奇人服其神雖大賢躬化導變風俗折獄特其一端然亦可知其勤勞民事急所先務善育賢自是循良可動引聖人而第目之以健耶擒定遠訪有逆倫案馳飭開棺驗條屬大駭卒鞫實正其罪重大倫疾惡如讎人憚其剛正廉明亦如將交壽篆去任時也署銅陵書吏循故習以千金賄災坐堂皇責之廉潔自持如前數任夏五月大水水不淪陧者僅五寸或一尺八十七圩盡保全於櫛風沐雨之中又六月不雨虔禱得之歸語所親曰我可告無罪矣銅陵境大半濱江公力勸貲人李徽庭出巨貲修壩極意措置督其成時中丞儀徵陳公好行善公察沿江險要面陳機宜承設各處義渡行人賴之刻有江壩錄義渡錄行於時任宿州州屬廟宇闔栅多傾圮公力爲修設凡書院因利牛痘各局與夫善堂義學保赤堂諸善舉悉籌費俾垂永久殫心民事每不避寒暑甲午三月以步行登山禱雨風中皮膚醫未全愈六月復以積勞患目厞并患背疥猶濟暑坐堂皇日結案數起立秋後酷熱逾尋常適太守以會勘秋成來靈璧境公以地方公事須面陳帶疾往幕賓家屬阻之不可至固鎮謁談益中暑與風急歸病增劇遂終時年五十有七

后记

　　19 世纪，旧中国发生了两件轰天大事：满怀爱国热忱的钦差大臣林则徐一声令下，在广州虎门销毁英人鸦片烟 2376254 斤，国人一片赞叹！1840 年 6 月 21 日，因贸易争端引来了英国 40 余艘兵舰，万里跨海来到广州洋面，欲攻打中华帝国，从而爆发生了鸦片战争。结果是，英舰避实就虚，长驱直入攻打天津卫，道光皇帝慌了手脚，欺骗英军在南方解决问题。英军南下，道光帝又食言。英舰遂进入长江口，占领镇江后，兵临南京城下。几亿人口的泱泱大国，竟不堪 4000 名英国士兵的一击。道光帝只好屈服，在"康华丽"号英舰上，签订了屈辱的《南京条约》。割地赔款、承认治外法权，中国进入了半封建半殖民地社会。其中，上海一地因而得以开埠，为将来的"东方大都市"提供了蓝图。1851 年，广西金田太平天国运动揭竿而起，席卷半个中国，很快便定都天京。太平军频繁用兵江浙一带，所到之处，农工士商纷纷避难，逃往上海外国租界以求庇护。他们携来了巨额资金，大量涌入租界的难民成为无尽的廉价劳动力。开埠的市场、丰厚的资金、廉价的劳动力为上海的腾飞创造了无比的优越条件。数年间，小小的上海渔村膨胀成为东南亚数一数二的大都市。随着经济的大发展，必然带来文化的大发展，取代扬州、苏州，上海一跃成为江南文化的中心。

　　"大江南北书画士无量数，其居乡而高隐者不可知，其橐笔而游，闻风起者必于上海。"

　　"画士游踪，初多萃聚通都。互市以来，橐笔载砚者，恒纷集于春申江上。"

　　"各省书画家以技鸣沪上者，不下百十人……类皆芳誉遥驰，几穿户限，屠沽俗子，得其片纸以为荣。"一时间，上海滩上，各地书画家、文化掮客齐聚，技艺纷呈，百花齐放。

　　在这些旅沪画家中就有本书的主人翁——任熊、任薰、任颐、任预。他们或以客串、暂时居停、文酒笔会等形式参与沪上画家的活动。而任颐、任预则干脆定居上海鬻画，直至逝世。

　　萧山四任，是一个家族式的绘画群体。他们以父子、兄弟、叔侄关系传授画艺，而且取得了不凡的艺术成就，从而彪炳于中国绘画史上。这一现象，在中国绘画史中也难能有其匹的事例。

任熊，可谓世间奇才。从来没有经过老师的面授，幸遇贵人周存伯，居留范湖草堂数年，使其能全心临摹古迹，探讨画艺。取得如此成就，是他刻苦学习、天资聪颖的结果。任熊遍游宁波、姑苏、沪上、镇江，交结画友，名声鹊起。任熊和周闲一次赴上海，有大腹贾欲以千金交欢，任熊不乐其请，拂袖而去，可见其性情一斑。浙东名士姚燮，延揽任熊居于大梅山馆多年，两人研讨诗、书、画无虚日。姚燮出诗句，任熊晚上构稿，晨起赋色，积两阅月，得画 120 幅，完成《大梅山馆诗意图册》巨构。设色之古雅，构图之奇特，世上罕有其匹。任熊 30 岁后因病杜门不出，抱疴完成《传奇人物画传》四种，共绘仙侠等人物洋洋大观 187 幅。这种大俗大雅之精品彪炳于中国画坛，成为后世学习之楷模，影响深远。可惜的是，正在他艺术鼎盛时期，因病骤然去世，年仅 35 岁，灿烂的艺术遂成绝响。综观任熊，一生曾参与创立了"海派"，于诗、书、画、印诸项皆擅，在四任中艺术成就及影响列为第一。他的经历跌宕，但（《任处士传》等）记载历历，无有歧义。

任薰，是一位美术教育家、艺术引路人。他出身瓦工，擅长园林建筑布局。后被其兄任熊招至身边习画，受其兄影响至深。他的画法纯守陈老莲藩篱，创意尚佳。任薰落户姑苏，时往上海小住，会友鬻画。及老丧子，白头人送黑头人，悲痛至极，以致不幸失明，书画遂废，郁郁而终。他的经历平淡，享年 59 岁，是四任中最长寿者。

任颐，也是世间奇才，天生一个绘画种子。关于他的身世歧义颇多，各家阐释迥然。关键出于其子任董的文章："先处士（父亲）少值俭岁。年十六，陷洪杨军。"原来亲生儿子叙述老子之事也有失实之处。检拾有关历史书籍，太平军于 1861 年 11 月间攻打萧山，22 岁的任颐逃难时被掳入太平军中，其父任鹤声也在此时于避难途中死去。任颐的人生贵人胡公寿，对其奖掖有加，并介绍其赴沪发展，任颐得以立足于上海滩。在上海 26 年的艺术实践中，任颐画艺多有创新，兼收并蓄西洋绘画技法，把中国肖像画提高到一个新的阶段，当时海上画家无有可企及者。任颐临摹八大山人作品，大胆尝试写意画法，启发了吴昌硕，发扬光大了大写意画技法，影响延及当代（如齐白石诸人），意义深远，自不待言。任颐不愧是中国绘画史上一颗耀眼的明星。当今中国人物画家多有私淑任颐画法的事例。1926年法国画家达仰评论任颐说:"任伯年真是一位(绘画)大师。"(徐悲鸿《任伯年评传》)任颐年轻时在太平军的行军野战中,由于露宿野次,因天寒地冻而罹患了哮喘之疾。年老未及五十,哮喘益重,遵医嘱废酒不复饮,以吸食阿芙蓉提神,吞云吐雾过后,精神振奋,方能起身作画。(事不可为而为之)饮鸩止渴,年方56岁时,因心肺衰竭而辞世。任颐一生富贵,遭遇太平军攻占浙东,父死家破,方沦为赤贫。而太平军进天义范汝增对于任颐来说,可是人生第一位"贵人":一者,太平军打来使得任颐由富变贫,不得已只能下海习画,由是,上海出了位海派巨擘任伯年。倘若太平军没有打来,那萧山就会有位米粮店老板任次远了。二者,太平军范汝增分派任颐当了一名太平军旗手,去攻打宁波,从而避免了其死于太平军五王血洗包村之役,真是不幸中之万幸!任颐如若逃进包村,则必死无疑,那么,萧山的任次远、上海的任伯年均皆子虚乌有了(呵呵)。任颐50岁时,鬻画所得已逾10余万元,在当时已算是富豪之家了,只是由于任颐热衷于置办田产,10万余元换来的是数张假田契,家赀悉数被骗,身后萧条(更多信息,敬请阅读拙著《闲话任伯年》一书)。任颐一生,画艺超迈,只是学养不足。倘若如吴昌硕从幼年起就饱读诗书,在三坟五典上下功夫,其成就不可臆测焉。

任预,这位孤儿能成为画家,固然是叔父任薰培养的结果,但和他的天资聪颖是分不开的。他5岁丧父,10岁丧母,身世坎坷,全赖叔父抚养。泊长能以画鸣于世,真是位奇才。由于幼年失怙(任薰不好过于约束),阙失家教,养成了懒散的生活习惯,"非到至贫不画",而"其画纯以天分秀出尘表,正如王谢子弟虽复拖沓奕奕,自有一种风趣"。任预也不寿,享年49岁。他是四任中的殿军,后世的影响较少。

四任在上海开埠后,任熊、任薰时而往还于沪上献艺,任颐、任预则安家于上海鬻画。在此前有(任熊与张熊、朱熊)"沪上三熊"之说;任熊殁后,任薰筚路蓝缕,率领任颐、任预,屹立于沪上画坛,被美术史家尊称为"海上四任"。

本书以历史时序为轴,以编年史阐释四任的经历,摒弃了不实记述,并且极力探求一个真实的"四任"画家群体。

在此,感谢丁观加先生为本书题签,京口孙国忠先生、阳羡张勇先生、江都童国春先生提供了无私帮助,致以万分谢忱。

参考书目

《太平天国史》	罗尔纲
《太平天国军事史概述》	郦 纯
《浙江近代史》	浙江人民出版社
《浙江百年大事记》	浙江人民出版社
《中国美术家人名辞典》	俞剑华
《任熊评传》	华东师范大学出版社
《任处士传》	周 闲
《海上四任精品》	故宫博物院藏
《任薰》	人民美术出版社
《海上绘画全集》	上海书画出版社
《海上绘画》	上海书画出版社
《海上绘画一百年》	上海书画出版社
《海上名画》	上海文物商店
《大观》	雅墨文化事业有限公司出版
《名家翰墨》	翰墨轩出版有限公司出版
《诸暨阮市包氏宗谱》	包永年
《谈任三访》	丁羲元
《任伯年全集》	人民美术出版社 天津美术出版社
	于瀛波等
《任伯年》	人民美术出版社
《任伯年评传》	徐悲鸿
《任伯年评传》	李仲芳
《任伯年研究》	汤永炎
《画坛圣手——任伯年艺术人生》	任伯年艺术研究院
《任伯年史料专辑》	萧山政协
《任伯年研究文集》	萧山文联
《任伯年小品绘画》	人民美术出版社
《荣宝斋画谱·任伯年》	荣宝斋出版社
《艺苑掇英》	上海人民美术出版社
《新编万年历》	科学普及出版社

各类拍卖公司图录及互联网等

图书在版编目（CIP）数据

阅读四任 / 蒋明君著 . -- 南京 : 江苏凤凰美术出版社 , 2019.4

（阅读大师系列丛书）

ISBN 978-7-5580-5895-0

Ⅰ . ①阅… Ⅱ . ①蒋… Ⅲ . ①绘画—作品综合集—中国—现代②传记文学—中国—当代 Ⅳ . ① J221 ② I25

中国版本图书馆 CIP 数据核字（2019）第 052505 号

选题策划　程继贤
责任编辑　龚　婷
责任校对　吕猛进
责任监印　生　嫄

书　　名　阅读四任
著　　者　蒋明君
出版发行　江苏凤凰美术出版社（南京市中央路165号　邮编：210009）
出版社网址　http://www.jsmscbs.com.cn
制　　版　南京新华丰制版有限公司
印　　刷　合肥精艺印刷有限公司
开　　本　635mm×965mm　1/16
印　　张　15
版　　次　2019年4月第1版　2019年4月第1次印刷
标准书号　ISBN 978-7-5580-5895-0
定　　价　98.00元

营销部电话　025-68155790　营销部地址　南京市中央路165号
江苏凤凰美术出版社图书凡印装错误可向承印厂调换